°luftschacht

Martin Mandler

23 Tage

Roman

Luftschacht Verlag

Gefördert von

www.luftschacht.com

Umschlaggrafik: Jürgen Lagger
Satz: Florian Anrather
Druck und Herstellung: CPI Moravia

Die Wahl der angewendeten Rechtschreibung
obliegt dem/der jeweiligen AutorIn

ISBN: 978-3-902373-65-6

Wir merken alle, wie klein wir sind.

Für Marie

3. November

Ich erinnere mich.
Ich erinnere mich an Laura. An Laura und mich.
Ich erinnere mich an Laura und mich auf einem halb verlassenen Bahnsteig im spätsommerlichen Bregenz. An die warme Luft auf unserer Haut. An den Geruch des Sees, der sich mit dem unaufdringlichen Gestank des kleinen Bahnhofs vermischte.
Ich erinnere mich an Lauras nasse Haare, an den Duft ihrer feuchten, nachlässig zu einem Zopf zusammengebundenen blonden Haare. An die kühle Haut ihrer Schultern. An Lauras weiche Haut, die ich berührte. Die ich bei unserem Abschied sanft berührte.
Ich erinnere mich an die lose in der Luft hängenden Instrumente des Bregenzer Festspielorchesters, das gerade damit begann, sich warm zu spielen. An die festlich gekleideten Menschen, die uns auf ihrem Weg zur Seebühne erwartungsvoll entgegenkamen. Die uns mit ihrer Ausgelassenheit ansteckten und uns noch fröhlicher machten.

Ich erinnere mich, dass wir damals viel zu lange, dass wir beinahe bis zur Dämmerung am See geblieben sind. Dass wir eigentlich noch Essen hatten gehen wollen, bevor ich wieder nach Wien musste, in mein damaliges Zuhause. Bevor Laura weiterfahren wollte, sich in ihrem weißen, heruntergekommenen und schon eine halbe Million Kilometer gelaufenen VW-Bus auf den Weg zu ihrem Vater machen wollte.
Ich erinnere mich, dass uns der See damals wichtiger war. Wichtiger als unser Hunger. Weil das still vor uns daliegende Wasser uns mehr versprach. Nein, es war nicht der See.

Wir waren es, die uns mehr voneinander versprachen. Wir nahmen uns wichtiger als all diese über unserem Glück so uninteressant gewordenen Dinge und Menschen, die sonst noch auf uns zu warten versprachen.

Ich erinnere mich an unseren Abschied in Bregenz. Daran, wie wir nach den paar hundert Schritten vom See zum Bahnhof beinahe nicht voneinander loskamen, wie wir fast nicht von unserem Glück lassen konnten. Wie sehr wir den Abschiedsschmerz genossen haben, der uns auf diesem Bahnsteig überfiel. Der uns nicht nur damals in Bregenz, sondern der uns vor ein, vielleicht vor zwei Jahren noch beinahe immer überfiel, wenn wir ein paar Tage, ja manchmal sogar, wenn wir bloß ein paar Stunden getrennt voneinander verbringen sollten.
Ich erinnere mich an unzählige kleine Gesten. An Lauras verliebte Hand auf meinem Unterarm. An einen letzten Blick über die Schulter. An ihr zärtliches Lächeln, wenn sie ging. An eine noch schnell in mein Ohr gehauchte Liebkosung, die mir nicht mehr aus dem Sinn gehen würde, bis ich Laura wieder in meinen Armen hielt.

Ich erinnere mich, wie froh und stark ich damals litt. Wie glücklich verlassen ich mit Laura sein konnte.

Ich erinnere mich an einen Nachmittag im Bett. In unserem Bett, das wir mühsam aus Wien in eines der kleinen Zimmer unseres Eifel-Hauses geschleppt haben. Die riesige Matratze, die wir beinahe nicht über die viel zu enge Treppe nach oben hatten bringen können. In das kleine, verwinkelte Dachkämmerchen, das wir seit zwei Sommern unser Schlafzimmer nennen.

Ich erinnere mich an Laura neben mir. An ihre nackte Haut. Ihre Brüste. Und ihr Geschlecht, das sie mir gierig entgegenpresste. Und während ich das Bild unserer umschlungenen Körper sehe, während ich den festen Druck der Umarmung spüre, in die Laura mich damals hineingezogen hat, sehe ich sie vor mir. Ich sehe Laura, wie sie heute gegangen ist. Wie sie sich, ohne Aufhebens zu machen, umgedreht hat. Ohne mich zu umarmen. Ohne mich zu küssen. Und ohne mir zu sagen, dass sie mich liebt.

Ich sehe, wie sie sich von mir abgewendet und unter die Menschen hier am Flughafen gemischt, sich in die Warteschlange an der Sicherheitskontrolle gestellt hat.
Sie hat sich noch einmal umgedreht. Laura hat sich noch einmal umgedreht. Aber nicht nach mir, denke ich. Nicht um zu sehen, ob ich noch da war. Ob ich auch heute warten würde, bis sie aus meinem Sichtfeld verschwindet.
Sie hat sich bloß umgedreht, denke ich, Laura hat sich bloß umgedreht, weil eine kleine schwarzhaarige Dame sie mit ihrem riesigen Rollkoffer beinahe umgefahren hat.

Am Flughafen kann es den meisten Leuten nicht schnell genug gehen, denke ich. Und halte mich an diesem sinnlosen Gedanken fest. Weil ich mich nicht weiter daran erinnern will, wie Laura heute gegangen ist. Weil ich nicht sehen will, wie blass und trist unser Abschied heute war, flüchte ich mich ins Banale hinein. Denke ich darüber nach, wie absurd diese allgegenwärtige Eile auf Flughäfen ist. Wie absurd es ist, sich hier schnell bewegen zu wollen, weil man ja gerade hier so gut wie keinen Einfluss darauf hat, wie schnell man tatsächlich reist. Die Leute beeilen sich, und können doch nichts an ihrer Abflugzeit und an den Verspätungen ändern, denke ich, und spüre, wie mich die Hilflosigkeit meiner eigenen Gedanken anwidert, diese Hilflosigkeit, mit der ich mich in dieses belanglose Gespräch mit mir und mir zu flüchten versuche.

Ich denke wieder an Laura und ich weiß, wie Laura sie hasst, diese Flughafen-Geschäftigkeit. Ich sehe Laura nervös von einem Bein aufs andere steigen, wie sie es immer macht, wenn sie von anderen bedrängt wird. Nicht nur am Flughafen, auch im Supermarkt, am Skilift oder wenn sie versucht, in einen überfüllten Bus zu steigen.
Ich weiß, wie sehr sie es nicht mag, wenn man ungefragt eine ihrer Grenzen überschreitet und ich denke an den kleinen, mit einer kaum sichtbaren Linie gezogenen Kreis, den sie um sich gelegt hat. Ich denke an diesen hermetischen Raum, in den ich mich kaum noch vorwage, weil Laura ihn auch, weil sie ihn vielleicht vor allem gegen mich um sich gezogen hat.

Ich sehe Laura, wie sie hinter dem grauen Rahmen des Metalldetektors verschwindet, wie sie am Ende der Sicherheitskontrolle ihr Handgepäck nimmt und geht.
Ich sehe, dass sie geht. Und ich weiß, dass sie nicht endgültig geht. Ich weiß, dass sie nicht für immer fort sein wird.
Und obwohl ich spüre, dass das schwerer wäre, dass ich es nicht ertragen könnte, wenn Laura tatsächlich gehen würde, wenn diese paar Schritte, mit denen sie hinter der Sicherheitskontrolle verschwunden ist, wenn ihr Griff nach ihrem Handgepäck und die kleine Geste, mit der sie sich dabei die blonden Haare aus dem Gesicht gewischt hat, tatsächlich meine letzte Erinnerung an sie wäre. Ich fühle, wie schwer das wäre. Und gleichzeitig sehne ich mich danach,

weil ich weiß, dass ich dann, dass ich nur dann tatsächlich das Recht hätte, zu leiden.

So aber, weil sie nicht einmal für einen Monat unterwegs sein wird, weil ich weiß, dass sie wiederkommen wird, steht mir kein Kummer zu, denke ich. Es steht mir vor allem nicht dieser Kummer zu, den ich empfinde. Nicht in dieser Größenordnung. Nicht in dieser Totalität.

Und ich weiß nicht, ich habe den Eindruck, dass ich falsch fühle. Dass etwas an meinem Kummer nicht stimmt. Und ich frage mich, ob es tatsächlich sein kann, dass man falsch fühlt, dass der eigene Kummer falsch sein kann, dass er an der Welt vorbeigeht, vielleicht. Dass er sich verläuft und übers Ziel hinausschießt. Mein Kummer. Dieses übertrieben große Leid, das sich in mir ausbreitet. Bloß, weil Laura für 23 Tage fort sein wird.

Und obwohl es mir eigentlich nicht zusteht, denke ich, obwohl ich weiß, dass ich hemmungslos übertreibe, kommen mir diese 23 Tage zu lang vor. Glaube ich, dass ich sie nicht überstehen kann.

Ich schäme mich.

Ich sehe mich, ein verlassenes Kind, das nichts mit sich anzufangen weiß. Ein nicht einmal verlassenes Kind, das sich nach dem vertrauten Atem eines lieben Menschen sehnt, der doch nur ins Nebenzimmer gegangen ist, in dem ich ihn noch höre, in dem ich seinen Atem spüre, wie ich gerade Lauras Atem spüre, wie ich ihn beinahe rieche, Lauras Atem und Lauras Schlaf, ihren schlafenden Körper, der so anders riecht als ihr wacher. Ich höre noch Lauras Schritte, mit denen sie gegangen ist. Ich höre ihre Fersen, die sie lauter als die meisten anderen auf den Boden setzt, mit denen sie ihre sechzig Kilo auf die Welt fallen lässt, und ich frage mich, ob man die Sicherheit von Menschen schon an ihrem

Gang erkennen kann, ob man tatsächlich sehen kann, wie ein Mensch in der Welt steht, ob ich sehen kann, wie Laura sich in ihre Welt hineinstellt, oder ob das bloß wieder eine Illusion ist, bloß eine weitere dieser Parallelen, die ich verzweifelt zwischen Lauras Körper und ihrer Seele zu ziehen versuche, mit denen ich versuche, Laura wieder zu verstehen, sie wenigstens über ihren Körper zu begreifen, woran ich ein aufs andere Mal aber scheitere.

23 Tage. Es sind bloß 23 Tage, denke ich. Und doch wünsche ich mir, sie wären schon vorbei. Wünsche mir, dass sie gar nicht erst beginnen müssten.
Ich hatte mir vorgenommen, keinesfalls die Tage zu zählen, die Laura fort sein wird. Und noch bevor sie im Flugzeug sitzt, stehe ich da und rechne.
Ich sollte zurück in unser idyllisches Eifelhaus fahren, denke ich. Aber stattdessen stehe ich hier und versuche mich darauf zu konzentrieren, wie viele Minuten sich schon an mir vorbeigeschlichen haben, wie viel Zeit vergangen ist, seit ich Laura aus den Augen verloren habe.
Ich sehe auf meine Uhr und beobachte den Sekundenzeiger, sehe ihm dabei zu, wie er sich langsam vorwärtsmüht. Wie er mir klarmacht, dass es lange dauern wird, dass diese 23 Tage eine lange Kette aneinander gereihter Momente sind, die ich ohne Laura verbringen werde.

Ich erinnere mich an gestern Abend. Daran, dass Laura und ich ein wenig vertrauter als sonst in unserem übergroßen Bett lagen. Ich erinnere mich an ihre Hand, die sie zu mir herübergeschoben hat. An die schmalen Finger, mit denen sie mir sachte über meinen Unterarm strich, mit denen sie mich berührte, sacht und zart berührte. Ohne mehr zu wollen, ohne selbst mehr zu wollen als mich zu berühren und ohne von mir zu wollen, dass ich mehr will, als sanft berührt zu werden.

Ich erinnere mich an gestern Abend und ich erinnere mich, dass ich mir vorgenommen habe, fröhlich und stark zu leben. Ich wollte glücklich sein, während Laura nicht da ist. Und doch bin ich niedergeschlagen, fühle mich verloren. Verloren zwischen all diesen Menschen am Flughafen.

Ich stehe da und ich wünsche Laura zurück. Und ich frage mich, ob dieses Gefühl überhaupt etwas damit zu tun hat, dass sie die nächsten 23 Tage in London verbringen wird. Oder ob mich meine Einsamkeit und meine Angst, Laura zu verlieren, nicht schon länger begleiten. Ob ich diese Angst nicht schon wochenlang mit mir herumtrage, ob diese Einsamkeit nicht schon monatelang mit mir an Laura vorbeilebt.

Wieder denke ich an gestern Abend, an das Glück, das ich mir gestern Abend vorgenommen habe.
Ich denke daran, dass ich mir in ein paar Tagen erlaubt hätte, Laura wieder bei mir haben zu wollen. Dass ich mir in der Nacht, in unserem für mich einsam gewordenen Bett, auf den scharfkantigen Chips-Krümeln liegend, die Laura beim Lesen immer im Bett verteilt, dass ich mir da zugestanden hätte, sie zu vermissen. Mich danach zu sehnen, wie sie die Seiten eines Buches umblättert. Dass ich mir da erlaubt hätte, die fast unsichtbare Delle zu streicheln, die Lauras Körper auf unserer schon etwas durchgelegenen Matratze hinterlassen hat. Diese Kuhle, die immer ganz warm ist, wenn Laura vor dem Einschlafen noch einmal aufsteht, um sich ein Glas Wasser zu holen.

Neben Lauras Kissen liegend, neben den paar Haaren, die sie darauf hinterlassen hat, hätte ich mir in ein paar Tagen meine Sehnsucht erlaubt, denke ich. Aber ich will nicht wollen, was ich jetzt will: sie schon heute wieder bei mir haben. Ich will sie gar nicht erst gehen lassen wollen.

Ich erlaube mir nicht, mir zu wünschen, dass sie jetzt schon wieder zurückkommen soll. Dass sie sich mit einem Lächeln im Gesicht vor mich hinstellen und sagen soll: *Ich bleibe.*
Und obwohl ich es mir nicht erlauben will, und obwohl ich mich für meine weinerliche Schwäche schäme, kann ich ihn nicht aufhalten, diesen Wunsch, kann ich nichts gegen meine Sehnsucht ausrichten.

Ich möchte zu ihr laufen, ich möchte mich durch die Sicherheitskontrolle mogeln. Ich stelle mir vor, wie ich im richtigen Moment, wenn viel Betrieb ist und wenn gerade niemand in meine Richtung sieht, ganz selbstverständlich über das schwarze Absperrungsband steige. Ich stelle mich in die Reihe der Wartenden, wechsle ein paar Worte mit denen, die mein Durchmogeln beobachtet haben.
Um zu signalisieren, dass ich es eilig habe, schaue ich ständig auf meine Uhr. Ich zapple nervös, sehe immer wieder zu den Sicherheitsbeamten hinüber, dränge sie mit meinen Blicken, sich doch zu beeilen.
Ich spreche weiter mit meinen Nachbarn, gestresst aber selbstsicher unterhalte ich mich mit jemandem und gebe so allen das Gefühl, dass alles seine Richtigkeit hat.

Ich laufe durch die Gänge. Ich stelle mir vor, dass ich auf Laura zulaufe. Ich stelle mir vor, dass ich Laura auf einem der hellgrauen Plastikstühle sitzen sehe. Schon von weitem sehe ich das Buch in ihrer Hand, und ich gehe auf sie zu, auf die lesende Laura, die mich überrascht ansieht, als ich mich neben sie setze.

Ich stelle mir vor, wie ich beginnen möchte, wie ich Laura erklären möchte, dass ich sie liebe, dass sie doch einfach wieder mit nach draußen kommen soll und alles sei gut. Ich stelle mir vor, wie ich neben Laura sitze, wie ich versuche, sie anzulächeln, und ich sehe vor mir, wie weder ein Lächeln noch ein Satz über meine Lippen kommt, ich sehe mich vor mir, wie ich neben Laura sitze, wie ich zu sprechen versuche und wie mir Lauras Blick jeden Mut dazu nimmt. Ich sehe, wie sie den Kopf schüttelt und wie sie langsam wütend wird, weil ich wieder einmal eine ihrer Grenzen nicht respektiert habe, weil ich wieder einmal zu weit gegangen bin und doch nicht weit genug. Nicht weit genug, um sie am Ende zu erreichen.

Ich denke nach und ich weiß: Sie hat nie gesagt: *Du gehst mir auf die Nerven.*
Nie: *Ich liebe dich nicht mehr.*
Nicht: *Ich ekle mich vor dir.*
Sie hat nicht gesagt: *Ich kann dich nicht mehr sehen. Nicht mehr riechen. Nicht ertragen. Deine bloße Anwesenheit ist mir zu viel.*
Aber doch: *Ich muss weg.* Weg von dir und deiner über die Zeit zu eng gewordenen Gesellschaft. Weg aus der Umarmung unseres idyllischen Hauses in unserem kleinen Eifeldorf, in dem wir uns vor der Welt verstecken.

Ich schäme mich, weil ich Angst habe. Weil ich schwach bin. Weil ich nicht stark und glücklich sein werde, während

Laura weg ist. Ich schäme mich für das Häuflein Elend, als das ich hier stehe.

Zorn kommt. Und Wut, weil ich nicht anders kann, als hilflos zu fragen, ob sie wiederkommt. Immer wieder, ob sie wiederkommt. Ob sie dann bleiben wird. Ob Laura denn für immer bleiben wird.

Ich denke an unsere Fahrt zum Flughafen. An unsere beinahe lautlose Fahrt zum Flughafen. Wie wir ohne gemeinsames Thema und ohne zu sprechen routiniert nebeneinander saßen. Ich am Steuer, sie auf dem Beifahrersitz. Die meiste Zeit über sah sie aus dem Fenster. Von einem Kirchturm zum nächsten sah sie aus dem Fenster und ich weiß nicht, was es da zu sehen gab. Außer Buchen und Eichen, immer wieder Buchen und Eichen und braune Felder, immer wieder braune Felder und schon nicht mehr grüne Wiesen und immer wieder dieselben, unterbevölkerten Dörfer, diese im Grunde verlassenen Dörfer. Diese Dörfer, die den Eindruck machen, immer schon verlassen gewesen zu sein, seit tausend Jahren, seit es sie gibt, machen diese Häuserhaufen aus Fachwerk und Stein den Eindruck, verlassen zu sein, kurz davor zu sein aufzuhören, immer nur einen Atemzug vom Verschwinden entfernt.

Ein kleiner Vogelschwarm hat uns aus unserem schweigenden Nebeneinander geholt. Ohne Vorwarnung stoben zehn, vielleicht fünfzehn kleine Sperlinge aus einem Busch, flogen über die Fahrbahn ins angrenzende Feld. Sie zwangen mich, scharf zu bremsen. Nein, sie zwangen mich nicht. Ich wollte bremsen, um keinen von ihnen zu verletzen.

Es ist mir nicht gelungen. Der letzte der Sperlinge war zu langsam. Und ich war zu schnell. Konnte nichts mehr gegen das leise, dumpfe Geräusch machen, mit dem sein Körper an der Front meines Autos, an der Stoßstange vielleicht, oder möglicher Weise auch am Scheinwerfer zerplatzte.

Aber ich nahm es hin. Mit einem bitteren Gefühl im Magen nahm ich es hin. Weil ich wusste, dass ich auf der feuchten Straße nicht stärker hätte bremsen können.

Vielleicht, murmelte ich. Beinahe unwillkürlich. Ohne wirklich kommunizieren zu wollen.

Vielleicht was? fragte Laura, die natürlich alles gesehen hatte. Und die auch wusste, dass solche Dinge passieren.

Vielleicht hätte ich doch ausweichen können.

Nur wohin? fragte sie. Und zeigte in das an die Straße angrenzende Feld.

Keine Ahnung, antwortete ich. Und sah für einen kurzen Moment zu ihr hinüber. Sah ihre kleine Trauer über das tote Vögelchen. Und sah, dass sie wusste: Ich hätte nichts machen können.

Und ein bisschen fühlte sich das an, als ob wir, als ob Laura und ich in diesem Moment tatsächlich etwas gemeinsam hätten. Etwas, dass auch über den momentanen Schrecken und unsere kleine gemeinsame Trauer hinaus bestehen könnte.

Ich sehe auf die Uhr. Es ist 10:23. Ich sollte fahren, denke ich. Sollte mich in mein Auto setzen und nach Hause fahren. Und doch stehe ich hier und hoffe darauf, dass es mir hilft, mich unter die geschäftigen Menschen zu mischen. Dass es mich beruhigt, mich zwischen ihnen zu verstecken und so zu tun, als ob auch ich heute ein Ziel hätte. Als ob auch mein Leben heute irgendwohin führen könnte.

An der Bar eines Cafés lasse ich mir einen doppelten Espresso geben. In einem Pappbecher, den ich aus der Hand eines intelligent aussehenden jungen Kellners nehme.
Ich gebe ihm zu viel Trinkgeld. Weil ich ihn dafür entschädigen will, dass er es hier zu nichts bringen kann, oder ich weiß nicht, vielleicht auch nur, um mich von mir abzulenken, halte ich ihm eine Fünf-Euro-Note hin, murmle *stimmt so*, sehe seinen überraschten Blick und die Skepsis, die sich in seine Überraschung gemischt hat.
Ich versuche, unverfänglich und freundlich zu lächeln, nicke leicht und drehe mich um.

Der Becher ist so heiß, dass ich ihn nur am oberen Rand festhalten kann. Vorsichtig gehe ich weiter durch den Flughafen und fühle mich dabei tatsächlich auf absurde Weise beschäftigt.

Ich stehe in der Haupthalle, versuche, den immer noch heißen Kaffee schluckweise zu trinken und suche die Abflugtafel nach Orten ab, an die ich reisen könnte. Nach Orten, an denen ich Lust hätte, mir die Zeit zu vertreiben. An die ich flüchten könnte, während Laura nicht da sein wird.
Ich lese die Namen der Orte, stelle mir Stockholm vor, Jerez de la Frontera, Dublin, Hamburg, London, Edinburgh, Treviso, Pescara, Kerry, Malaga und ich frage mich, ob es an einem dieser Orte jemanden geben könnte, der mich erwartet. Ob ich an einen dieser Orte fliegen könnte, nicht um dort zu sein, sondern um dort erwartet zu werden, wie Laura nach London fliegt, weil sie dort erwartet wird.

Es gibt nicht viele solcher Orte. Nicht für mich. Und ich frage mich, warum für andere schon. Warum für Menschen wie Laura doch. Ich frage mich, was diese Menschen anders machen. Warum sie Freunde gewinnen. Was sie ihnen zu bieten haben, das ich offenbar nicht bieten kann.

Und da ist ja auch noch Torsten, denke ich. Torsten, der mich in den nächsten Tagen anrufen will. Weil er mich für irgendeinen Auftrag braucht. Wieder einmal will er meine Ideen haben. Und ich werde sie ihm geben, denke ich. Weil ich weiß, wie trist es auf meinem Bankkonto aussieht, werde ich sie ihm geben.

Ich kaufe Zigaretten. Starke Zigaretten, aus schwarzem Tabak gerollte.
Ich sehne mich nach dem Kratzen im Hals, das der herbe Rauch verursacht, nach den vielen kleinen Stichen in meiner Lunge, die mir sagen, dass der Rauch nicht gut für mich ist, dass ich ihn nicht einatmen sollte.
Ich will ihn aber einatmen, denke ich, ich freue mich darauf, den Rauch einzuatmen, weil ich, ich weiß auch nicht, spüren möchte ich mich, denke ich, ich möchte mein Leben spüren und gleichzeitig meinen Tod, denke ich und mir wird schlecht von diesem Gedanken. Ich ekle mich vor mir, weil ich doch nur wieder mir selbst aufsitze, weil ich mir wieder einmal einzureden versuche, dass etwas ganz Alltägliches in meinem Leben einen größeren Sinn haben, es eine höhere als die bloß praktische Bedeutung besitzen könnte. Wieder einmal versuche ich meine Nichtigkeit aufzublasen, um am Ende jemand zu sein. Um wenigstens vor mir selbst als jemand zu gelten. Wenn ich schon da draußen nichts gelte, wenn es schon da draußen niemanden gibt, der mir eine größere als meine bloß alltägliche Bedeutung beimisst, der mehr von mir wahrnimmt, als dass ich hier stehe,

dass ich gerade nach draußen gehe, dass ich mich vor das Flughafengebäude stelle, wo ich dann meine Taschen nach Streichhölzern durchsuche, nach denselben Streichhölzern, mit denen ich zu Hause den Holzofen anfeuern werde.

Ich spüre die raue Reibefläche der Streichholzschachtel in meiner Hand, fische sie aus meiner Jacke und sehe einem sehr ordentlich gekleideten Herrn dabei zu, wie er schüchtern durch die Flughafentüre auf mich zukommt.

Er mustert mich, er bleibt ein paar Augenblicke an meiner dreckigen Hose, an meinen vernachlässigten Schuhen hängen. Dann gewinnt er seine gut gekleidete Sicherheit wieder, sieht mich bestimmt an und bittet mich um eine Zigarette.

Wir wechseln ein paar Worte. Und während wir übers Wetter reden, bemerke ich, dass ich mich freue. Dass ich froh bin, weil ich von einem Fremden angesprochen wurde.

Ich freue mich über diesen Menschen, der neben mir steht und an seiner Zigarette zieht. Bin beinahe glücklich, obwohl dieser Mann mit mir so gut wie nichts zu tun hat, obwohl ich für ihn hauptsächlich aus Zigaretten, meinen ungewaschenen Freizeithosen und den ungeputzten Schuhen bestehe. Und aus ein paar Sätzen über das Wetter. Ein paar belanglosen Sätzen über die feuchte Novemberluft.

Trotzdem habe ich das Gefühl, ja, so lächerlich und peinlich das sein mag: Ich spüre, dass mich dieser Mann für eine Zigarettenlänge aus mir herauszieht. Dass er mich beinahe rechtfertigt, mir für ein paar Augenblicke das Gefühl gibt, in der Welt angekommen zu sein.

Eine junge Frau steht keine fünf Meter neben mir. Sie zieht an ihrer Zigarette. Verführerisch fast zieht sie an ihrer Zigarette, denke ich, und ich kann nicht anders, als mir vor-

zustellen, sie zu umarmen, sie anzufassen und ihre Lippen
zu küssen.

Unvermittelt überfällt mich diese Idee, überfällt mich der
Wunsch, Ihre weichen Lippen zu spüren, wie ich Lauras
weiche Lippen gespürt habe. Ich stelle mir vor, den Unterschied zu spüren, den anderen Geschmack ihres Mundes
wahrzunehmen, ihren Körper zu streicheln und ihre Haut
zu fühlen, die Haut dieser Frau, die sich so anders anfüh-
len wird als Lauras Haut.

Ich stelle mir vor, dass sie auf jemanden wartet, diese Frau.
Und ich sehe, wie ihr die Kälte hier draußen zu schaffen
macht. Die Kälte, denke ich, die in diesem Jahr noch gar
nicht richtig angekommen ist. Die sich im November bloß
ankündigt, die jetzt bloß die Luft feucht macht, so dass man
den Eindruck hat, es wäre schon Winter, schon minus zehn
Grad kalt wie im Januar, wie manchmal im Januar.

Ich bin mir nicht sicher, denke ich, aber sie könnte Spanierin sein. Diese vielleicht 25-jährige Frau mit der Zigarette
in der Hand, deren Lippen ich gerne küssen würde, die ich
gerne umarmen würde, um sie vor der feuchtkalten Luft zu
schützen, um meiner Einsamkeit doch noch zu entfliehen,
um sie anzurühren und um selbst berührt zu werden.

Ich gehe zu ihr hin. Ich stelle mich neben sie und frage sie,
woher sie kommt. Erfahre, dass sie tatsächlich aus Spanien
hierhergeflogen ist. Dass sie nach Frankfurt will, um dort
zu arbeiten. In einem angesagten Grafikbüro, sagt sie. In
einer glanzvollen Umgebung, denke ich. Und denke das, obwohl ich weiß, wie wenig glanzvoll das Leben in einem dieser Büros sein kann. Weil ich mich erinnere, wie verlassen
und grau ich mich an meinen Hochglanzschreibtischen in

den Firmen gefühlt habe, für die gearbeitet habe. In denen ich ehrbar versucht habe, meine Anwesenheit zu rechtfertigen. Und denen ich immer, wie man das so sagt, unverzichtbar war.

Profit, denke ich. Ich war deshalb unverzichtbar, weil ich nie vergessen habe, den Profit dieser Unternehmen möglichst nachhaltig zu steigern. Und weil ich das geschafft habe. Ich weiß nicht wie, aber irgendwie habe ich das immer geschafft, denke ich und merke, wie ich mich wieder in mich zurückziehe, wie mir die Fragen abhandenkommen, mit denen ich die Aufmerksamkeit der Spanierin auf mich ziehen könnte, mit denen ich versuchen könnte, sie zu unterhalten.

Aber wozu auch, denke ich. Wozu sollte ich sie weiter unterhalten? Wozu mehr über sie herausfinden, wenn ich doch sehe, dass sie auf jemanden wartet. Auf jemanden, der nicht ich bin und mit dem sie in ihre neue Frankfurter Grafikwelt verschwinden wird. Wozu mich überwinden und nach ihrem Namen und ihrer Telefonnummer fragen, denke ich, wenn ich doch sicher bin, dass sie mich nicht berühren wird, dass sie von hier wegfahren und sich nicht an mich erinnern wird. Und selbst wenn, denke ich, selbst wenn sie mich berührt, mich auf die eine oder andere Weise aus meiner Einsamkeit herausholt: Ich werde trotzdem mit meiner Sehnsucht nach Laura alleine bleiben, denke ich und ziehe an meiner Zigarette, ziehe und ziehe immer wieder an ihr und genieße das unbestimmte Gefühl der Geborgenheit, das mir der Rauch gibt. Es ist beinahe so, als ob er mich einhüllen könnte. Als ob der Rauch einen halb transparenten, schützenden Kokon um mich bilden, als ob er mich und meine Verletzlichkeit abschirmen könnte.

Während ich neben der Spanierin stehe, sehe ich mir die Autos am Parkplatz an. Ich lege mir kleine Bilder zurecht, winzige Schnappschussgeschichten aus den Leben ihrer Insassen, aus den Leben von Menschen, die hier arbeiten, die abfliegen und ankommen, die sich verabschieden, die einander wiedersehen, Kaffee trinken, die in den Zeitungskiosken stöbern, die gelangweilt durch Flughafen-Parfümerien schlendern, die keine Krawatte mehr brauchen, und ganz ohne Vorwarnung überrumpelt mich dabei ein anderes Bild: Ich sehe mich, wie ich in ein paar Minuten auf mein Auto zugehen werde. Ich sehe mich, wie ich einsteigen werde, wie ich mich anschnallen und den Motor starten werde. Ich sehe mich, wie ich in meinem Auto sitzen und ratlos nach Hause fahren werde.

Ich habe Angst.

4. November

09:27

Allein und noch kaum wach stehe ich in unserer Küche. Ich weiß nicht warum, aber auf sonderbare Weise gibt mir meine Kaffeemaschine ein Gefühl der Vertrautheit. Ich empfinde beinahe so etwas wie Zärtlichkeit für sie. Streiche über ihre schwarze, glatte Oberfläche und spüre, wie ich sie mag, diese kleine Maschine. Wie vertraut mir ihre Chromteile, ihre Schalter und Düsen geworden sind.

Vielleicht sind es auch meine reibungslos aufeinander abgestimmten Handgriffe, denke ich, mit denen ich sie bediene. Vielleicht ist es die Selbstverständlichkeit, mit der ich meinen Morgen beginne, mit der diese Kaffeemaschine Teil meines Morgens ist. Vielleicht ist das der Grund, aus dem ich sie mag. Wie ich auch die kleine Tasse mag, denke ich. Meine kleine Tasse, die ich unter den Siebträger stelle und die mir dabei ein Gefühl der Sicherheit vermittelt, weil ich genau weiß, wie der schwarze Kaffee in sie hineinzischen wird, weil ich weiß, dass ich sie vorher warm machen muss, damit die kalte Keramik nicht die gesamte Hitze aus dem Kaffee ziehen kann. Weil ich schon, bevor sich die Tasse füllt, die Crema sehe, die auf dem Kaffee schwimmen wird, weil ich schon jetzt den nussig bitteren Geschmack des Kaffees auf meinem Gaumen spüre, fühle ich mich der Welt wenigstens ein Stück weit gewachsen, denke ich. Und bin mir fast sicher, dass ich ihr beikommen kann, der Welt. Auf meine kleine, häusliche Art weiß ich, wie sie funktioniert. Und wie ich mich in ihr zurecht finden kann.

Ich mag diese Tasse. Ich mag sie wirklich, meine handtellerhohe, unscheinbare Tasse, die mich mit ihren symmetrisch aufgedruckten, braunen Quadraten begleitet. Ich mag die feinen weißen Linien zwischen den vielen braunen Flecken auf ihrer Glasur. Und beinahe kommt es mir so vor, nein. Es kommt mir nicht nur so vor: Ich habe tatsächlich eine Beziehung zu dieser Tasse aufgebaut, denke ich. Sie ist mir vertraut geworden, ich trinke jeden Tag aus ihr und es fällt mir schon gar nicht mehr auf, dass sie schon seit Jahren keinen Henkel mehr hat. Ihr Makel stört mich nicht, im Gegenteil: Die über unsere gemeinsamen Jahre rund gewordenen Bruchkanten passen in meine Hand, sie gehören zu meinem Morgen und ich frage mich, ob es jemals einen Tag geben wird, an dem ich dasitzen und an diese Tasse denken werde wie an einen mir verlorengegangenen Menschen. Ob es einen Tag geben wird, an dem ich mich an ihren abgebrochenen Henkel erinnern werde wie an den Spleen eines lieben Freundes. Ob es einen Tag geben wird, an dem ich mich erinnern werde, dass mich diese Tasse heute weniger einsam gemacht hat, weil ich ein abstraktes Gefühl der Zärtlichkeit für sie empfinde.

Ich trinke einen Schluck. Der Kaffee ist angenehm heiß. Aber trotzdem, ich weiß nicht genau warum, schmeckt er nicht, wie er sollte. Das Brühwasser in der Maschine war wahrscheinlich zu kalt, denke ich. Oder vielleicht auch zu heiß. Ein Lächeln entwischt mir. Es amüsiert mich, dass ich heute sogar in meiner kleinen Kaffeemaschinen-Welt scheitere. Und während ich darauf warte, dass sich der leichte Seifengeschmack in meinem Mund verflüchtigt, gehe ich ins Wohnzimmer.

Ich mühe mich an der Fernbedienung des Fernsehers ab, wechsle die Kanäle im Sekundentakt. 300 Kanäle, denke ich. Es sind 300 Unterhaltungsversuche, die mir gerade jetzt simultan zur Verfügung stehen. Meine Möglichkeiten überfordern mich.

Ich lasse wahllos eine dieser 300 Sendungen an mir vorbeilaufen. Eine Dokumentation über 50-jährige Männer. Über wohl situierte und vom Leben ein wenig gelangweilte Männer, die an ihren Oldtimern schrauben und die ihre motorisierten Schätzchen stolz ausführen, genau so stolz, wie andere, wie vielleicht die gleichen Männer eine neue Freundin oder Affäre spazieren fahren.

Ihre Autos, meine Tasse, denke ich. Und spüre, wie ein kleines bisschen Freude in mir aufkommt. Ich stelle es mir schön vor, ja: Ich würde auch gerne in so einem alten Alfa oder noch lieber in diesem weißen Peugeot 504 Cabrio in die Berge fahren. Langsam das Alpenpanorama hinter mich bringen. Langsam die Serpentinen einer Hochalpenstraße hinaufkriechen, immer darauf bedacht, das Berggipfeltheater und die Kühlwasser-Temperaturanzeige nicht aus den Augen zu verlieren.
Es muss schön sein, den Gestank aus diesen alten Auspuffen hinter sich zu lassen. Wenigstens so schnell zu fahren, dass die Abgase nach hinten davontreiben, in die roten Gesichter der Radfahrer, die sich den Berg hinauf quälen.

Ich lasse die alten Männer mit ihren Autos alleine, gehe wieder in die Küche und stelle die Kaffeetasse ins Spülbecken. Während der Sprecher immer noch weiter erzählt, fühle ich, wie mir der Ton des Fernsehers, die Stimme des Sprechers und die leise dahinter gelegten Motorengeräusche, wie mir das Tellerklappern und das Gläserklirren auf der endlich erreichten Franz-Josefs-Höhe, die Gespräche der inzwischen in einem frischen und trockenen Polohemd dasitzenden Männer, ihre Unterhaltung auf dieser 2300 Meter hoch gelegenen Gäste-Terrasse, wie mir all das immer noch den Eindruck vermittelt, nicht allein zu sein. Und beinahe glaube ich, dass ich tatsächlich nicht alleine bin. Es würde mich nicht wundern, denke ich, wenn Laura gerade jetzt die Treppe herabgelaufen käme, wenn ich den Rhythmus ihrer Schritte hören würde, diesen eigenartigen Takt, den sie in die Treppe hämmert weil sie in unregelmäßigen und nicht vorherzusehenden Abständen immer wieder einzelne Stufen überspringt.

Der simple Trick funktioniert immer noch. Mein Fernseher gibt mir auch heute das Gefühl, als spräche jemand mit mir. Als säße auf magische Weise ein Teil von mir mit diesen alten Männern auf der Terrasse der Franz-Josefs-Höhe. Auf dieser Terrasse, die ich jetzt nicht einmal sehe, deren Geräusche bloß aus dem Wohnzimmer zu mir in die Küche dringen, auf der ich aber als neun, vielleicht zehnjähriger Junge tatsächlich gesessen habe, demütig und aufgeregt zugleich, weil mich die Größe des Gletschers unter uns und die Höhe, in der wir auf dieser Terrasse saßen, faszinierten. Weil ich es kaum fassen konnte, wie weit nach oben wir gefahren waren und wie weit wir wieder hinunterfahren würden. An all diesen Abgründen vorbei. Auf all diese Spitzkehren zu, durch die mein Vater unseren alten, weinroten Lancia vorsichtig nach oben gesteuert hatte, so vorsichtig und dosiert, dass wir nicht eine Pause hatten einlegen müssen, dass wir nicht ein einziges Mal neben dem Auto hatten stehen müssen, den steinigen Abgrund im Rücken und das unter der geöffneten Motorhaube verdampfende Kühlwasser vor uns.

10:03

Ich sitze am Küchentisch und denke an meine Zeit in Wien: Ich denke daran, wie ich in Wien für so lange Zeit mit niemandem gesprochen habe, dass meine Stimme mir gar nicht mehr gehorchen mochte.

Ich denke an einen der vielen Abende zu Hause alleine mit mir und immer nur mir. Ich erinnere mich, wie ich damals aus dem Haus ging, um mich unter Menschen zu mischen, um die Laternen der Wienstadt dabei zu beobachten, wie sie ihre mattgelben Lichtkegel auf die Gehsteige warfen, über die ich durch den ersten Bezirk ging, vorbei an Buchhandlungen, deren Innenräume mir halb vertraut, die inzwischen schon geschlossen waren, seit zwei Stunden schon, manche vielleicht erst seit eineinhalb.

In einem Geschäft stand noch jemand, der Chef vielleicht, der die Tagesabrechnung, der noch eine Bestellung oder vielleicht einfach noch eine kleine Privatangelegenheit erledigen wollte, bevor auch er hinausgehen würde, bevor auch er durch die Lichtkegel auf den Gehsteigen nach Hause oder in die Gesellschaft anderer, wenigstens in die Gesellschaft anderer aufbrechen würde.

Oder vielleicht auch nicht, vielleicht verbringt auch so jemand jeden Abend alleine, denke ich jetzt, dachte ich damals aber nicht, weil mir damals die Geschäftigkeit imponierte, mit der dieser Mann hinter der Ladentheke stand, hinter seiner Ladentheke vielleicht, in seinem Geschäft vielleicht, auf jeden Fall aber mit seiner Arbeit beschäftigt.

Ich sehe noch die ein wenig gealterten Hände dieses vielleicht 50-jährigen Mannes vor mir, seine noch nicht ganz grau gewordenen Haare, seine etwas fahle und schlaff gewordene Haut, sein unzufriedenes, sein wahrscheinlich auch an der Welt leidendes Gesicht, seine zusammengekniffenen Lippen und die Konzentrationsfalte auf seiner Stirn.

Ich stand vor dem Schaufenster, bestaunte einen alten, in fast weißes Leder gebundenen Wiegendruck, sah dabei aber heimlich immer wieder zu diesem Mann hinüber. Beobachtete ihn. Und war getroffen, angegriffen von diesem Mann. Oder genauer: nicht von ihm, sondern von der Selbstverständlichkeit, mit der er in seiner Welt stand. In einer Welt, mit der ich kaum etwas zu tun hatte und die trotzdem so tat, als sei sie größer als meine, als sei sie besser, wichtiger als meine, weil es in ihr etwas zu tun gab, weil dieser Mann in ihr stehen konnte und weil ich den Eindruck hatte, dass er schon alleine dadurch, dass er geschäftig seine Papiere sortierte, mehr sei als ich.

Ich sehe, dass das nicht stimmt, dass dieser Gedanke schon damals falsch war. Und ich denke an die Fortsetzung dieses Abends in Wien. Ich denke an das Literarische Quartier in der Schönlaterngasse, an den dort gelesenen Text, der in meiner Erinnerung noch bedeutungsloser geworden ist, als er es damals vermutlich war.

Ich denke daran, wie ich an diesem Abend mit einer Gefühlsmischung aus Abscheu und Müdigkeit kämpfte, wie ich höflichkeitshalber doch bis zum Ende der Lesung blieb. Und dass mir danach, als ich an den noch halbwegs betriebsamen Kneipen der Bäckerstrasse vorbei nach Hause ging, klar wurde: Losgelöst von seiner Person hatte mich die lesende Stimme des Autors aus meiner Isolation geholt.

Nicht er selbst, seine bloße Stimme hatte nicht wie vorgesehen zu mir, sie hatte heimlich mit mir gesprochen.

Ich erinnere mich, wie ich damals beinahe fröhlich nach Hause gegangen bin. Und fast, denke ich, fast schafft das der Fernseher auch. Beinahe bringt er es fertig, mich aus meiner Einsamkeit zu holen. Und ich beschließe, ihn das noch eine Weile versuchen zu lassen.

11:15

Ich greife nach einer alten Ausgabe der Süddeutschen Zeitung, die bestimmt schon seit einer Woche im Wohnzimmer liegt, ohne dass ich mir die Mühe gemacht hätte, sie zu lesen.

Die Zeitung, stelle ich fest, und mit ihr die extra für mich portionierte Welt da draußen, die für mich parat gemachte Wirklichkeit mit ihren wirklichen Konflikten, mit ihren wirklichen Interessen, Themen und Problemen, ich kann nichts mit ihr anfangen, mit dieser Wirklichkeit und deshalb kann ich auch nichts mit dieser Zeitung anfangen, denke ich und lege sie weg.

Ich trinke meinen Kaffee und warte. Warte auf einen Einfall, der meine Einsamkeit ausfüllen, der mich an den Schreibtisch bringen könnte. Ich warte auf eine Idee, die es lohnen würde, Worte aus meinem Körper heraus aufs Papier zu nötigen.

Aber ich habe keine Idee. Und wie schon seit Monaten finde ich meine Freiheit schwierig: Abgesehen von den paar kurzen Jobs, die mir Torsten hin und wieder, vermutlich hauptsächlich aus Sympathie, verschafft, habe ich keine konkreten Aufgaben, die ich erledigen muss. Gut: Ich sollte die Katzen füttern. Ich müsste den Ofen anwerfen. Und ich könnte kochen. Aber das alles ist zu wenig. Es reicht nicht, um mich tatsächlich am Leben zu erhalten.

11:30

Ich beginne das Haus aufzuräumen. Das Staubsaugerrohr in meiner Hand gibt mir das Gefühl, konkret zu sein. Es ist ein wenig so, als ob ich mich an ihm festhalten müsste, um sicher zu gehen, dass ich überhaupt da bin. Und es ist beinahe so, als ob schon das Bedürfnis, ein wenig Ordnung in meine kleine Welt zu bringen, als ob mich jede Ecke, die ich aufräume, tatsächlich ein wenig bestimmter machen könnte.

Gleichzeitig aber macht mich jeder von Lauras Gegenständen, den ich an den von ihr ausgesuchten Platz räume, mutloser. Macht mich einsamer, schwächer und verlassener.

Und wieder beginne ich mich dafür zu schämen. Ich merke, dass mir Tränen in den Augen stehen. Und noch während ich mich schäme, überspült mich die Freude darüber, Laura zu vermissen.

Ich kann mich nicht entscheiden, was ich fühlen soll, Sehnsucht oder Verlassenheit, Einsamkeit oder Freude. Wieder einmal, denke ich, schießt mein Herz in zwei verschiedene Richtungen davon und lässt mich verwirrt zurück.

12:45

Ich frage mich, ob es tatsächlich Laura ist, die ich vermisse. Oder ob ich nur darauf warte, dass mich jemand berührt. Dass ich jemanden über unsere knarrende Holztreppe gehen höre. Jemanden, der sich seinen Tee aus der Küche ins Arbeitszimmer holt. Der sich in diesem Zimmer über Tage einschließt. Arbeitet. Und der die restlichen paar Minuten

Alltag, die er mit mir gemeinsam verbringt, trotzdem unfassbar bleibt. Jemanden wie Laura, bei der es inzwischen kaum noch einen Unterschied macht, ob sie neben mir sitzt oder nicht, weil sie auch einen Meter von mir entfernt ebenso wenig zu greifen ist wie in den Stunden, in denen sie sich in ihrem Arbeitszimmer hinter ihren Zeichnungen und Skizzen verbarrikadiert hat.

Ich frage mich, ob ich, wenn ich auf Laura warte, in Wahrheit gar nicht mehr auf Laura warte, sondern bloß auf eine Erinnerung an sie, auf ein bloß noch von meinem Gedächtnis in meine Gegenwart herübergerettetes Bild von ihr, das sich in mir fortträgt und das mir immer noch vormacht, Laura wäre greifbar, würde mich rechtfertigen, mit ihrer Zuneigung meine Existenz unterstreichen und mich mit der Welt verbinden.

16:30
Ich habe sie angerufen. Nicht Laura, sondern Kathleen. Kathleen, von der ich mir ein Gespräch erwarte. Ein wenig Zuneigung, während Laura nicht da ist.
Und sie wird kommen, Kathleen wird kommen. Sie wird mir Gesellschaft leisten. Sie wird sich neben mich hinsetzen. Ein Glas Wein in der Hand. Oder einen Pernod. Wahrscheinlich einen Pernod, denke ich, während ich mich frage, was ich denn von ihr will, von dieser Kathleen, auf die ich mich freue und von der ich gleichzeitig nicht will, dass sie zu mir kommt. Weil ich weiß, dass ich mich nur in ihre Gesellschaft hineinflüchte, will ich das nicht. Und weil ich weiß, dass sie mich trotz allem weniger einsam machen wird, freue ich mich.

19:45

Sie ist da. Kathleen ist da. Die schöne Kathleen sitzt mir gegenüber. Ich sehe sie an. Ihre langen, schlanken Beine, die sie übereinandergeschlagen hat. Ihre Haare. Ihre Lippen, die sie immer dann zuspitzt, wenn sie verlegen ist. Die sie auch jetzt zuspitzt, weil sie bemerkt, wie ich sie ansehe. Und weil ihr gefällt, wie ich sie ansehe. Und das wieder gefällt mir. Ihre Verlegenheit erregt mich. Ebenso wie mich ihr beinahe offensichtliches Begehren erregt, das sie doch noch, wenn auch nur halbherzig, vor mir verstecken möchte.

Ich mag die Vorstellung, dass sie sich mehr vorstellen könnte, als bloß hier mit mir zu sitzen. Dass sie sich ausmalt, was jetzt endlich passieren kann. Jetzt, da Laura nicht da ist. Jetzt, da ich Kathleen gegenüber sitze. Ohne mich ins Zeug zu werfen, aber stets bedacht, exakt wahrzunehmen, was gerade geschieht.

Sie kommt mir näher, denke ich. Und wahrscheinlich komme auch ich ihr näher. Ohne dass ich das richtig will, zieht mich meine Erregung in ihre Richtung. Wird größer. Und ohne dass einer von uns den Abstand auch nur im Mindesten verringert, rückt mir Kathleen näher. Verschwinden die eineinhalb Meter, die ich noch von Kathleen entfernt bin. Und die Kathleen beinahe nicht mehr von mir weg ist.

Sie lacht. Ich erzähle und sie lacht. Kathleen lacht nicht nur, ihre gesamte Haltung hat sich entspannt. Sie beginnt, sich hier wohl zu fühlen, denke ich. In der Wärme meines Wohnzimmers. Nein, nicht in der Wärme meines Wohnzimmers. In unserem Haus, denke ich. Und kann plötzlich nicht mehr anders, als die vor mir sitzende Kathleen aus den Augen zu verlieren. Obwohl sie keine zwei Meter entfernt ist, und obwohl sie mir immer näher kommt, verschwimmt mein Bild von ihr, wird von Laura weggewischt, weil ich nicht anders kann, als an Laura zu denken, als immer und immer wieder an Laura zu denken, während ich versuche, mich mit Kathleen zu unterhalten.

Ich sehe zu, wie Kathleen immer entspannter wird. Wie sie ihre Beine unter dem Couchtisch in meine Richtung streckt. Wie sie ihre Arme breit und beinahe einladend auf das Sofa stützt, nicht nur um bequemer zu sitzen. Und ich weiß, ich müsste sie jetzt nur berühren. Ich müsste bloß einen kleinen Schritt auf sie zu machen, um sie ganz für mich zu gewinnen.

Aber ich mache diesen Schritt nicht. Noch nicht, denke ich. Stehe auf, entschuldige mich und gehe aufs Klo. Stelle mich hin, pinkle und frage mich, wie ich Kathleen jetzt abwimmeln soll.

Ich wasche die Hände. Wasche auch mein Gesicht und betrachte im Spiegel, wie ich mich abtrockne. Wie ich mich in meinem und in Lauras Bad abtrockne.

Hinter mir steht das kleine braune Regal, auf dem Laura ihre Kosmetika fein säuberlich, nein, nicht fein säuberlich, denke ich. In ihrem auf geheime Weise doch irgendwie geordneten Chaos hat sie ihre Öle und Cremes da hingestellt, denke ich und fühle, wie sehr ich sie vermisse, wie sehr ich sie mag. Und weil ich nicht anders kann, drehe ich mich um, gehe auf das kleine braune Regal zu und streiche mit der Hand über Lauras Sachen, streiche über sie, wie ich über Lauras Haut streichen würde, wie ich nicht über Kathleens Haut streichen werde, denke ich, bin ich mir beinahe sicher, als ich mich wieder zurück auf den Weg ins Wohnzimmer mache, in dem Kathleen mich mit einem Lächeln erwartet, mit ihrem umwerfenden Lächeln, mit dem sie mich beinahe. Beinahe.

5. November

Ich denke an Hans. Meinen Schulfreund Hans, der heute Geburtstag hat. Der einen Teil seiner Kindheit mit mir verbrachte. Der mit mir durch die Wälder streunte, mit seinen dünnen braunen Haaren, der mit mir im Schwimmbad neben dem Becken mit hellblauem Wasser saß, mit seinen Sommersprossen im Gesicht und jahrelang mit seiner blauen Badehose, in der seine schlaksigen Beine steckten.

Ich erinnere mich an seine beiden Hasenzähne, die er immer verstecken wollte, aber, wenn er lächelte, nicht verstecken konnte.

Ich erinnere mich an seinen vor Spannung weit aufgerissenen Mund neben mir, im Schwimmbad am Spielcomputer, in den wir all unser Taschengeld steckten, an dem uns noch ein Spiel fast immer wichtiger war als das Eis, für das uns unsere Eltern das bisschen Geld mit ins Freibad gegeben hatten.

Beim Spielen tänzelte er nervös auf seinen Beinen hin und her, bewegte sich ständig, weil es in der hintersten Ecke des Freibadrestaurants, in dem der Spielecomputer stand, immer kalt war. Zu kalt für den Sommer, zu kalt, um in uns das Bedürfnis nach Schwimmen wieder aufkommen zu lassen. Zu kalt, um uns vom Computer loszueisen, um wieder hinaus in die Augustsonne zu gehen, an den immer stinkenden Toiletten vorbei, über die aus rauem Beton gegossenen Treppen wieder hinauf auf die Liegewiese, auf der Tom, Daniel und all die anderen lagen, wo sie nicht auf uns warteten, wo wir ihnen trotzdem immer willkommen waren.

Ich sehe den Ölofen in seinem Zimmer, den wir mit einer schwarzen Ölkanne füllen mussten. Und heute rieche ich beinahe immer noch den üblen Öl-Gestank, weiß noch genau, wie die kleinen blauen Ölofen-Anzünder aussahen, die wir bloß aus Spaß auch im Zimmer verbrannten, weil uns das bunte Feuer so gefiel, in dem sie erst langsam und dann plötzlich schnell abbrannten, so schnell, dass wir sie in eine neben dem Ofen stehende Blechdose werfen mussten, um uns nicht die Finger zu verbrennen.

In der kleinen Werkstatt im Keller des Hauses, in dem Hans wohnte, lagen immer Lederreste herum. Und mit dem Drucklufttacker seines Vaters ballerten wir aus dem Keller über die drei oder vier Steinstufen nach oben auf die Straße hinaus. Wir ballerten auch mit seiner Pistole, in die man ein dünnes, rotes Papierband mit runden Pulverhügeln fädeln musste, damit die Schüsse krachten, wenn das denn überhaupt ein Krachen war.

Aber es reichte uns, dieses Knattern, damit wir glauben konnten, tatsächlich auf Bäume, Häuser und Fenster zu schießen, auf Fenster, hinter denen sich imaginäre Gegner verschanzt hatten, meistens Polizisten, selten dunkle Gegner, die wir nicht hatten, die in unserer Welt kaum eine Rolle spielten, weil wir, wie man so sagt, behütet waren, frei und doch behütet, immer mit der Möglichkeit, weinend nach Hause laufen zu können.

Ich erinnere mich an die Gespenstergeschichten, die uns Hans' Oma erzählte, die selbst schon gespenstisch war, die von Geistern heimgesucht wurde und die uns deshalb das sichere Gefühl gab, dass hinter der Welt, die wir sahen, dass hinter unserer hellen Welt im Tageslicht auch die Welt der Toten existierte, nur leicht verschoben, hinter einem beinahe transparenten Vorhang, durch den wir fast greifen konnten, in diese Welt hinein, die uns, davon war ich überzeugt, sobald wir größer wären, auch einholen würde, aus der auch zu uns Tote sprechen würden, später einmal, hoffentlich später und nicht plötzlich in einer dieser Nächte, die wir halb schlafend und halb wach in unserem kleinen Zweimannzelt am Rand des Maisackers hinter dem Wohnblock, in dem ich mit meinen Eltern und meinen damals erst zwei Geschwistern lebte. Mit immer schwächer werdenden Taschenlampen in der Hand lagen wir da, vor uns aus einer Zeitung ausgerissene Bilder von nackten oder halbnackten Frauen.

Ich frage mich, wie er heute wohl aussieht, an seinem 32. Geburtstag. Ich stelle mir sein Gesicht vor, das schmale Gesicht mit den Sommersprossen, mit den braunen, freundlichen Augen und ich sehe seine leicht hochgezogenen Schultern vor mir, seine Freude, mit der er mir vor, ich weiß nicht wie vielen Jahren sein Geburtstagsgeschenk präsentierte: Ein Brettspiel für fünf Personen, das wir doch immer nur zu zweit spielten, in der Küche seiner Eltern, in der es immer streng roch, ein wenig nach Essig, ich weiß nicht genau wonach noch, ich wusste es nie genau, weil es für mich dort nie nach etwas anderem als nach der Küche seiner Eltern roch.

Ich frage mich, was er wohl heute macht. Ob es in der Küche seiner Mutter heute immer noch so riecht. Und ob er genau so einsam ist, oder ob er sein Leben besser meistert.

11:36

Ich stelle mir vor: Es ist Abend geworden. Ich bin wieder in meiner Vergangenheit, in Wien. Ich war einkaufen. Mit zwei Plastiktüten in der Hand stapfe ich durchs Treppenhaus.

Stufe für Stufe nach oben. Hinauf in den vierten Stock. Vor Tür 18 bleibe ich stehen. Vor der Türe, die ich seit beinahe fünf Jahren jeden Tag hinter mir schließe. Die ich seither, im Gegensatz zu meinen emsigen Nachbarn, kein einziges Mal geputzt habe. Auf der immer noch ein fremder Name steht. Beinahe, als ob ich nie angekommen wäre. Als ob immer noch mein Vorgänger, Herr Zimmermann, hier wohnen würde.

Schornsteinfeger, Briefträger, die Hausmeisterin, Zeugen Jehovas, der Elektriker: Alle sprechen mich mit diesem fremden Namen an. Immer schon.

Ich schließe die Türe auf. Mache einen Schritt in mein Vorzimmer. Mit sicherem Griff tippe ich auf den vertrauten Lichtschalter, nehme das triste Licht der Energiespar-Birne entgegen, die ich, ich weiß schon nicht mehr wann, in die von der Decke hängende weiße Kunststofffassung geschraubt habe.

Ich stehe in der kleinen Küche. Lege die Schlüssel auf die rot lackierte Bar, von der das Furnier langsam abblättert. Seit fünf Jahren langsam abblättert.

Ich stelle die Einkaufstüten hin. Ziehe meine Jacke aus und werfe sie über einen der zwei mit einem hellen Strohgeflecht bespannten Barhocker.

Ich ziehe die Schuhe aus und lasse sie mitten im Weg stehen. Sie werden niemanden stören.

Ich öffne die kleine weiße Tür des Kühlschranks. Ich schließe sie wieder. Ich habe keine Lust, die Einkäufe zu verstauen.

Ich greife in eine der Tüten und fische eine Packung Würstchen heraus. Dazu die Papiertasche, in die eine müde Brotverkäuferin drei Mehrkornbrötchen beinahe widerwillig verpackt hat.

Im Abtropfgestell auf dem Kühlschrank lehnt seit gestern Abend ein gespülter Kochtopf. Ich nehme ihn, fülle ihn mit kaltem Wasser und stelle ihn auf eine der zwei Platten, die ich meine Kochgelegenheit nenne.

Ich nehme ein Glas aus dem Abtropfgestell, fülle es mit kaltem Wasser. Ich trinke. Das Wasser aus der Leitung ist in den letzten Tagen deutlich kühler geworden. Der Sommer ist vorbei.

Ich nehme die Würstchen aus ihrer Plastikverpackung und werfe sie ins kalte Wasser. In zehn Minuten werden sie heiß sein. In zehn Minuten werde ich essen.

Ich gehe auf die Toilette und pinkle im Stehen. Danach wasche ich mir im Badezimmer die Hände. Werfe mir ein paar Tropfen Wasser ins Gesicht. Und sehe mich im Spiegel. Mein Spiegelbild ist mir überraschend gleichgültig. Es ist, als ob ich nichts mit ihm zu tun hätte.

Ich bin zurück in der Küche und öffne den Kühlschrank. Ich nehme eine angebrochene Tube Senf heraus. Habe zwar immer noch keine Lust dazu, räume meine Einkäufe aber trotzdem in den Kühlschrank. Und in die dafür vorgesehenen Küchenregale.

Ich wasche das Glas mit warmem Wasser ab. Höre den Durchlauferhitzer im Vorzimmer. Der elektrische Schalter knackt, aus vielen winzigen Düsen strömt das Gas in den Brennraum und explodiert ein paar Sekunden später. Die Therme sollte gereinigt werden. Seit Jahren wartet sie darauf. Sie wird noch Jahre darauf warten. Ich werde mich nicht um sie kümmern.

Das warme Wasser rinnt angenehm über die Handflächen und über das Glas. Langsam wird es heiß. Unangenehm heiß.

Ich drehe den Hahn zu und die Therme im Vorzimmer zischt noch kurz. Dann verstummt sie endgültig.

Ich gehe ins Wohnzimmer, nehme die Teller von gestern und ein gebrauchtes Glas, bringe die Sachen in die Küche.

Ich nehme die drei Mehrkornbrötchen, greife mir den Senf und das halbleer getrunkene Wasserglas von vorhin.

Ich stelle mir vor: Ich werde essen.

Ich stelle mir vor: Ich werde trinken.

Ich werde das Geschirr abwaschen und ins Abtropfgestell sortieren.

Ich werde mich duschen.

Ich werde mir die Nägel schneiden.

Ich werde mich kämmen.

Ich werde meinen abgetragenen aber sauberen Anzug aus dem Schrank holen und ihn aufs Bett legen.

Auch mein schon lange nicht mehr blütenweißes Hemd, das mir ein inzwischen verloren gegangener Onkel vermacht hat, werde ich zu dem Anzug legen.

Schwarze Socken habe ich keine. Aber die grauen Socken, die ich finde, werden denselben Dienst verrichten.

Ich werde meine Schuhe von der Garderobe holen. Ich werde sie putzen. Ich werde sie schwarz eincremen. Warten, bis die Paste eingezogen ist. Und sie dann, wie meine Mutter es mir beigebracht hat, mit der weichen Seite eines Küchenschwamms polieren.

Ich werde mir einen Stuhl mitten ins Zimmer stellen. Dorthin, wo ein Haken aus der Decke hängt. Er stammt noch von einem meiner Vorgänger. Ich glaube, er sollte eine Hängematte fixieren.

Er ist stabil, dieser Haken. Zumindest sieht er so aus. Ich bin zuversichtlich, dass er mich nicht fallen lassen wird.

Ich werde bemerken, dass ich meine Krawatte im Schrank

liegen gelassen habe. Ich werde sie holen und zu meinem Anzug legen.

Ich werde mir ein unbeschriebenes Blatt Druckerpapier von meinem Schreibtisch nehmen.

Ich werde nachdenken. Aber es wird mir nichts einfallen, kein Satz, der es wert wäre, auf das Blatt geschrieben zu werden.

Ich werde die Bücher von meinem Schreibtisch nehmen und ins Regal einordnen. Ich werde den Staub am Regal bemerken. Den Staub am Schreibtisch. Den Staub in den Zimmerecken. Den Staub auf der sonnengebleichten Couch.

Ich werde nichts gegen den Staub unternehmen.

Ich werde mir eine Wäscheleine vom Balkon holen.

Ich werde sie an dem Haken im Wohnzimmer festmachen.

Ich stelle mir vor, ich werde.

Nein.

Ich werde feige sein.

Ich werde aus dem Haus gehen.

Ich werde ins Kino gehen.

Ich werde mich in eine Bar schleichen.

Ich werde sehen, dass die anderen mich sehen.

Ich werde sehen, dass sie mich im gleichen Augenblick schon vergessen haben.

Ich werde an der Theke stehen und mich in Luft auflösen. Obwohl ich noch dastehen werde, werde ich aus dem Bewusstsein der anderen Gäste verschwinden. Wie der perfekte Spion: Ein Schatten, den niemand richtig wahrnimmt.

Ich stelle mir vor, ich bin nicht mehr in Wien, sondern in Berlin. Ich stehe gedrängt in einem Bus des Schienenersatzverkehrs. Ich blockiere unabsichtlich die Türe. Ich werde angeschnauzt.

Ich stelle mir vor, ich sehe einer jungen Frau in die Augen, einer vielleicht 25-jährigen Frau, die genau wie ich die Türe blockiert. Ich stelle mir vor, dass ich ihre Einsamkeit unter all diesen Menschen sehe. Ich stelle mir vor, dass auch sie verschwunden ist. Dass sie es bloß für einen kurzen Moment wert ist, bemerkt zu werden. Weil sie die Türe blockiert. Weil sie es ist, die die Türe blockiert.

An einem dieser Verkehrsknotenpunkte steige ich aus dem Bus aus. Auch die junge Frau steigt aus.

Wir gehen in verschiedene Richtungen auseinander.

Die Straßen sind leer geworden. Abgesehen von der Handvoll Menschen, die mit uns aus dem Bus gestiegen sind, laufen nur mehr ein paar andere durch die Nacht. Ein Dönerladen hat noch geöffnet. In der Tankstelle kaufen Menschen Zigaretten. Ein Mofafahrer kommt mir am Gehsteig entgegen. Im Spätkauf brennt noch Licht.

Ich biege in eine kleine Seitenstraße ab. Die Kinderläden, das Antiquariat, der Japaner und die kleine Modeboutique sind alle schon geschlossen. Es nieselt leicht. Ich sehe keinen Menschen auf der Straße. Ich sehe keinen mehr, der mich sehen könnte. Ich bin verschwunden.

6. November

Ich sollte mich beschäftigen. Und ich sollte ein bisschen Geld verdienen. Ein paar Hundert wenigstens. Oder Tausend, vielleicht. Idealer Weise sogar Fünfzehnhundert, die mich wieder ein wenig ruhiger schlafen lassen würden. Und die auch meinem Bankberater wieder ein besseres Gefühl geben, mich in seinen Augen zu einem zuverlässigeren Menschen machen würden.

Also habe ich Torsten angerufen. Torsten, der doch mich anrufen wollte, in den nächsten Tagen. Und bei dem ich mich ungern selbst melde, weil ich mir vorgenommen hatte, ihn niemals dazu zu drängen, mir einen Job zu verschaffen. Weil das meine Position ihm gegenüber deutlich schwächt, denke ich. Weil er sich genötigt fühlen könnte, mir, seinem Freund, etwas Geld zukommen zu lassen, Geld, das er in seinem Etat im Moment vielleicht gar nicht zur Verfügung hat. Das er in irgendeines seiner aktuellen Projekte vielleicht gar nicht mit einkalkuliert hat. Das er aber trotzdem locker machen würde, um mich zu unterstützen. Mir wieder einmal ein wenig auf die Beine zu helfen. Und ich weiß, dass das nicht gut ist. Dass ich ihn nicht drängen sollte. Weil man Menschen, denen man immer wieder denselben Gefallen erweist, irgendwann gerne aus dem Weg geht.

Nein, denke ich. Es wäre besser, wir würden die Form wahren. Torsten würde mich anrufen. Weil er mich wirklich braucht. Oder weil er wieder einmal das so gut wie immer richtige Gefühl hat, dass ich ihn brauche. Ihn, und das Geld, das mit seinen Anrufen beinahe immer in Zusammenhang steht.

Also bin ich sogar ein wenig froh, dass er nicht erreichbar war. Dass ich nicht mit ihm, sondern bloß mit der Empfangsdame gesprochen habe. Mit, wie heißt sie noch, Doris, glaube ich, die bestimmt auch heute wieder adrett hinter ihrem makellosen Empfangsdesk sitzt. Und das beinahe im Minutentakt klingelnde Telefon auch heute mit der gleichen nachlässigen Sicherheit abnimmt, die ich an ihr schon so oft bewundert habe.

Vielleicht morgen, hat sie gesagt. Heute sei er außer Haus. Und seine morgigen Termine kenne sie nicht. Hat sie behauptet. Und ich beschließe, ihr das auch zu glauben. Weil ich nicht misstrauisch werden will, weil ich nicht denken will, dass sich Torsten verleugnen lässt, glaube ich ihr einfach.

Aber trotzdem, denke ich. Trotzdem sollte ich mich beschäftigen. Meinen Tag in kleine Einzelteile zerlegen, in Minuten oder halbe Stunden, die ich mit irgendwelchen sinnvollen oder meinetwegen auch mit sinnlosen Tätigkeiten ausfülle.

Meine Papiere könnte ich sortieren. Endlich wieder einmal Ordnung in mein amtlich registriertes Leben bringen.

Meine Fotos könnte ich aus den seit Jahren verwaisten Kisten holen und in ein Album kleben. Meine Bücher könnte ich endlich wieder in alphabetischer Reihenfolge in die Regale stellen. Ich könnte die Fettecken in der Küche sauber machen, ich könnte das Gewürzregal mit den vielen kleinen Gläschen von der feinen Fettschicht befreien. Den Mülleimer wieder einmal klinisch sauber machen. Die Fenster putzen. Die Schubladen saugen und die Regalböden, auf die wir unsere Pfannen und Töpfe gestellt haben, mit einem feuchten Tuch wischen. Ich könnte die Geschirrspülmaschine von ihren Schmutzrändern befreien, den Fußboden gründlich schrubben, in stiller Vorfreude darauf, dass es ihr gefallen wird, dass es Laura freuen wird, wenn sie wiederkommt. Dass sie unsere immer ein wenig vernachlässigte Küche nicht wiedererkennen wird, wenn ich sie vom Flughafen nach Hause gefahren haben werde.

Ich frage mich, ob ich nicht gründlicher sein sollte. Ob ich die Küche nicht gleich neu streichen sollte. Mir den Farbeimer aus der Werkstatt holen, die Abdeckplanen, ob ich alle Sachen zusammenpacken und aus der Küche räumen sollte, um sie nicht nur aufzuräumen, sondern ganz frisch zu machen.

Ich stehe auf, gehe über den Hof und in die Werkstatt. Ich nehme die große Rolle in die Hand. Die Farbe von unserer letzten Streichaktion haftet noch an ihr. Obwohl ich weiß, dass ich damals mindestens fünf Minuten damit verbracht habe, sie zu waschen. Obwohl ich gesehen habe, wie Farbe und immer mehr weiße Farbe aus dem weichen, gelben Flausch der Rolle in den Abfluss rann.

Ich suche den langen Stiel, mit dem ich auch die Decke der Küche leicht erreichen kann. Ich nehme den halbvollen Farbeimer in die Hand. Drehe mich um, weil ich aus der Werkstatt gehen will. Aber plötzlich, noch im Umdrehen, verlässt mich der Mut.

Ich nehme mich zusammen. Ich atme ein paar Mal tief durch, lasse mich langsam nach vorne fallen und sehe meinen Beinen dabei zu, wie sie mich aus der Werkstatt über den Hof Richtung Wohnhaus tragen.

Als ob sie nichts mit mir zu tun hätten, diese zwei Beine, als ob sich eines bloß vor das andere schieben würde, um zu verhindern, dass ich in meiner Vorwärtsneigung hilflos auf den Boden falle, tragen sie mich weiter. Ein paar Schritte noch, bis mich kurz vor unserer Haustüre endgültig der

Mut verlässt, bis ich meiner Kraftlosigkeit endgültig nichts mehr entgegenzusetzen habe, der Leere in mir, die meine Arme schwerer nach unten zieht, als es der halb volle Farbeimer jemals könnte, die meine Knie weich werden lässt und die mir die Spannung aus dem Oberkörper nimmt.

Ich kann sie nicht mehr von mir fernhalten, die Verzweiflung, die sich in meinem Körper ausbreitet, weil ich plötzlich weiß, dass auch eine frisch gestrichene Küche Laura und mich nicht glücklicher machen würde. Vielleicht beim Frühstück, ja. Für zwei oder drei Tage würden wir uns freuen, aus dem Schlafzimmer die zwei Stockwerke nach unten gehen und uns ein wenig fröhlicher an den Tisch setzen. Ich würde den schwarzen Kaffee in meiner Hand der weißen Küche entgegenstellen. Und Laura die Röte der Marmelade bemerken, die sich von dem hellen Hintergrund des Tisches abhebt. Aber dann, das weiß ich, würde es wieder beginnen. Würde ich wieder in meinem Bett liegen bleiben, um acht wach im Bett liegen und noch eine Viertelstunde warten, damit mir Laura und damit ich ihr nicht schon am Morgen zu nahe kommen kann. Laura die ich um diese Zeit schon immer in der Küche höre, wie sie den Wasserkocher anmacht, wie sie die Tasse aus dem Regal nimmt, wie sie einen Stuhl zurechtrückt oder einfach nur, wie sie die Stereoanlage im Wohnzimmer so laut dreht, dass man auch in der Küche die Stimme des Radiosprechers gerade deutlich genug hören kann, um sich nicht extra auf sie konzentrieren zu müssen, um die Wahl zu haben, zuhören oder in seine eigenen Gedanken abschweifen zu können.

Ich würde wieder liegen bleiben und mich entziehen, denke ich, damit mir Laura nicht zu nahe kommt, von der ich höre, wie sie ins Bad und auf die Toilette geht, von der ich höre, dass sie ihren Tag beginnt, den ich erst vor mir habe, den Tag mit Laura, von der ich immer will, dass sie bei mir ist, die mich dabei aber ständig bedrängt, die von mir will, dass ich ihr nahe bin, und die ich dabei ständig bedränge.

Mein Körper zieht mich nach unten, und obwohl ich beinahe nicht gegen die Sehnsucht ankomme, mich wie ein Büßer auf den Boden fallen zu lassen, setzte ich mich auf den Farbeimer.
Sein Plastikdeckel biegt sich unter meinem Gewicht. Unentschlossen, ob er der Belastung standhalten wird oder nicht, knarrt er. Knackt. Und bricht.
Ich lasse ihn gebrochen sein. Es ist mir egal, ob er weiter brechen wird. Ob ich am Ende ganz im Farbeimer sitzen werde. Oder ob die schon zäh an der Innenseite des Deckels klebende Farbe durch den kleinen Spalt auf meine Hose gedrückt wird. Es wäre mir auch egal, wenn der ganze Eimer in sich zusammensacken würde und ich mit ihm. Wenn sich die weiße Farbe über den Hof verteilen würde, wie ein Schandmal meiner Trauer, denke ich, und fühle, wie peinlich mir mein Ausdruck, wie peinlich mir meine Wehleidigkeit ist.

Es beginnt zu nieseln. Während ich auf dem Eimer sitze und darauf warte, dass er auseinanderbricht, beginnt es zu allem Überfluss auch noch zu nieseln.
Weinen könnte ich. Und kann es doch nicht. Weil es nicht aus mir herausbrechen will.

Wieder einmal klammere ich mich an einer Zigarette fest, rauche und denke an Laura. Stelle mir vor, wo sie jetzt wohl sein mag, stelle mir vor, wie sie auf einem Sessel sitzt, irgendjemandem gegenüber, den sie kennt, einer Person aus ihrer Vergangenheit, aus der Zeit vor mir, einer Person, die ich nicht kenne und die ich wahrscheinlich auch nie kennenlernen werde.

Ich frage mich, ob sie gerade raucht, ob sie dort, wo sie gerade ist, rauchen darf, oder ob es auch in London schon im Grunde asozial ist, sich selbst zu schaden, sich bewusst zu schaden, weil man damit ja der Gesellschaft zur Last fallen kann, weil man ihr zur Last fallen wird, als Raucher, denke ich und ärgere mich wieder über meine eigene Belanglosigkeit. Werde wütend, weil ich ja doch wieder nur in meinem Kopf verhandle.

Um meiner Wut Luft zu machen, werfe ich meine Zigarette weg und stehe auf. Lasse den Farbeimer und die Rolle stehen und gehe zurück ins Haus.

11:47

Ich habe Hunger. Langsam hat sich meine Appetitlosigkeit in Hunger verwandelt. Aber es ist kaum noch etwas im Haus. Und der Gedanke daran, einkaufen gehen zu müssen, ist mir unerträglich.

Ich will sie nicht sehen, die Menschen im Supermarkt, die wissen, was sie brauchen. Die vielleicht gar nicht wissen, was sie brauchen. Weil ich gar nicht weiß, ob ich mich täusche, wenn ich glaube, diese Menschen hätten ein klareres Leben als ich, klarere Bedürfnisse, Ziele, dass sie mehr und bestimmter leben, als ich es kann.

Ich frage mich, ob ich allein bin mit meinem Gefühl, auf Dauer nicht bestehen zu können. Oder ob dieses Gefühl nicht der Motor ist, der viele antreibt.

Ich frage mich, was es ist, dieses Gefühl. Was es bei mir ist. Und wann ich dieses Defizit zum ersten Mal gespürt habe. Wann es sich in mir festgesetzt hat.

Es ist, als ob ich jetzt schon die Ängste ausleben würde, die mich erst in Zukunft betreffen. Die mich vielleicht nie betreffen werden.

Es ist, als ob ich schon scheitern würde, bevor ich begonnen habe.

Ich kapituliere vor den Bildern, denen ich doch eigentlich nacheifern sollte. Ich kapituliere vor den überragenden Menschen, die mir täglich aus Zeitungen, von Plakatwänden und aus Fernsehkanälen entgegenspringen.

Ich kapituliere vor diesen Bildern, anstatt ihnen hinterherzulaufen. Meine Mängel, die mich doch eigentlich dazu antreiben sollten, kaufen, mitmachen und auch muskulös und einnehmend sein zu wollen, schlagen bei mir in die falsche Richtung aus. Sie machen mich immer noch kleiner, als ich ohnehin schon bin. Sie stellen sich gegen mich und manchmal, gerade jetzt, habe ich das Gefühl, dass ich aufhören werde, dass mit jeder neuen Anforderung, mit jedem neuen Angebot, das mir um die Ohren geschlagen wird, ein weiterer Mangel an mir aufgedeckt wird, dass ich mit jedem dieser Mängel schrumpfe, langsam auf Minimalgröße schrumpfe, bis ich irgendwann gar nicht mehr da sein werde, bis ich ganz aufhöre, noch bevor ich richtig begonnen habe.

Ich denke ans Aufhören, ich habe das Gefühl, der Tod hängt über mir. Und weil ihm gegenüber alles vergeblich ist, weil er mich auslöschen wird, weil er dieses ganze Welttheater für mich beenden wird, egal, was ich in meinem Leben dazu beigetragen habe, weil er alles zerstören wird, was ich jemals werde erreichen können, ich weiß nicht, ich glaube, es ist mein unausweichlicher Tod, der mich gerade jetzt noch mutloser macht. Und obwohl ich weiß, dass er es ist, der mich eines Tages tatsächlich erlösen wird, der mich in beinahe absehbarer Zeit schon von mir selbst befreien wird, habe ich Angst davor, dieses bisschen Leben zu verlieren. Weil es alles ist, was ich habe.

Ich habe Angst, obwohl ich mich heimlich sehne, weil ich den Tag kaum erwarten kann, an dem alles zu Ende gehen wird. An dem ich es hinter mich bringen werde, mein Leben. An dem ich aufgeben darf, selbst wenn ich dabei alles verliere.

13:20

Ich habe Kartoffeln mit Ei gegessen. Der Kühlschrank ist nun endgültig leer. Und ich werde wohl nicht umhinkommen, das nächste Mal, wenn sich der Hunger bemerkbar macht, werde ich nicht umhin kommen, doch noch unser Haus zu verlassen. Doch noch über eine der engen und vom Frost beschädigten Straßen in einen Laden oder wenigstens zu einem der fünf Imbisse zu fahren, die es im Umkreis gibt.

Ich stelle mich unter die Dusche. Ich möchte die Wartenden am Kebabstand oder die Kassiererin im Supermarkt nicht mit dem muffigen Geruch belasten, den ich, seit Laura weg ist, mit mir herumtrage.

Um meine Stimme wieder in Gang zu bringen spreche ich mit mir selbst. Englische Sätze kommen aus mir heraus. Vielleicht, weil Laura in England ist. Vielleicht aber auch, weil die Nebensächlichkeiten, die ich vor mich hin spreche, in einer fremden Sprache ein Stück bedeutsamer klingen.

Das warme Wasser strömt mir über den Rücken, und während ich an Laura denke, bekomme ich Lust, zu singen. Es ist eines der Lieder, die ich schon seit Jahren mit mir herumtrage, die ich seit jenem Abend, an dem mir Laura über den Weg gelaufen ist. Nein, sie ist mir nicht über den Weg gelaufen, ich bin vielmehr in sie hineingestolpert, in Laura, damals, an diesem Abend in Wien, auf dem Mocky-Konzert, das ich, betrunken wie ich war, beinahe nicht realisiert hätte, an das ich mich bestimmt nicht erinnern könnte, wäre an diesem Abend nicht Laura aufgetaucht, Laura, die am Nachhauseweg tatsächlich noch einmal umgedreht hatte, um mich von einer der Betonstufen, auf der ich mehr lag als saß, aufzusammeln und mit nach Hause zu nehmen. Mocky, denke ich. Und kann nicht anders, als zu singen:

> *Someone is waiting to meet me*
> *Someone is waiting to care*
> *But I really don't know*
> *Who that person might be*
> *But I think she might look like you*
>
> Nach Mocky, Are+Be, Ready to Go, 1994, Four Music (Sony Music)

16:10

Es sind auch die anderen. Es sind vor allem die anderen, die mich entmutigen. Als ob ich sie nicht vereinzeln könnte, als ob ich nicht jeden mit seinem Leben allein sehen könnte, überwältigen sie mich als Ganzes.

Begegne ich zwanzig Menschen, sitze ich zum Beispiel in einem kleinen Orchester, mit meiner Klarinette in der Hand, erster Klarinettist, selbst einer der Alphamusiker im Orchester, schaue ich mich um.

Ich sehe die Violinen und bewundere sie für ihre Schnelligkeit. Ich sehe Markus am Cello und neide ihm den wunderbaren Klang. Ich sehe Stefan mit seiner Oboe und mit seiner lustigen Art, Musik zu machen. Ich sehe Thomas mit dem Fagott. Und bewundere ihn für den intellektuellen Ernst, mit dem er bei der Sache ist. Ich sehe Wolfgang mit seinem Waldhorn und mit dem Selbstvertrauen, das er in die Welt trägt. Ich sehe Robert mit seiner Viola und all seinem exzentrischen Talent, mit dem er es zu den Wiener Philharmonikern bringen wird. Ich sehe Wolfgang am Schlagzeug und ich sehe, wie er sein Leben pragmatischer als wir alle meistert.

Ich sehe die Stärken der anderen. Und ich sehe sie gegen mich. Wenn ich bemerke, was sie können, bemerke ich bloß, was ich nicht kann. Ich mache die Stärken der anderen zu meinen Schwächen.

Die Bilder, die ich von den anderen in meinem Kopf habe, verschmelzen zu einem großen Bild. Aus den anderen wird der Andere. Und aus dem werden dann all die Möglichkeiten, die ich hätte und die ich nicht nutze. All die Möglichkeiten, die ich nie haben werde, weil mir das Talent dazu fehlt.

Ich sehe mich von einer Übermacht an Vorzügen umstellt, gegen die ich mich nicht wehren kann. Ich sehe Souveränität. Ich sehe Intelligenz. Ich sehe Klugheit. Stärke. Geselligkeit. Ich sehe Offenheit. Erfolg. Schönheit. Leichtigkeit. Liebe. Ich sehe Mut.

Ich gehe auf der Straße, kenne niemanden, schaue den anderen aber doch in ihre Leben hinein. Ich beobachte sie.

Sehe, wie sie sich in der Gesellschaft anderer verhalten. Ich versuche, ihre Persönlichkeiten aus ihrem Gang zu lesen. Aus der Art, wie sie sich bewegen. Daraus, wie sie sich gerade beschäftigen. Ich höre ihre Gespräche. Sehe sie lachen. Und mit jedem einzelnen dieser Menschen, mit jedem, den ich beobachte und dessen Eigenschaften ich sammle, wird mein Bild vollständiger. Werde ich kleiner, unbedeutender und dieser gigantische Andere, zu dem meine Mitmenschen verschmelzen, wird größer und größer, bis er mich am Ende überwältigt. Er macht mich klein, wie mich die Sterne am Himmel klein machen. Er lässt mich versinken. Wie in Schlamm lässt mich dieser übergroße Andere in meine kleine Welt einsinken. Und statt mich aufzurappeln, lasse ich entmutigt die Arme sinken. Weil ich begreife, dass meine Anstrengung. Nein: Sinnlos ist sie nicht. Sie hat ihre kleine, ihre häusliche Berechtigung.

7. November

10:03
Sie hat mir geschrieben. Laura hat mir geschrieben. Ihr Brief liegt ungeöffnet auf dem Küchentisch. Zwischen den vom Frühstück übrig gebliebenen Krümeln liegt er neben zwei offen stehengelassenen Marmeladegläsern da. Liegt da wie ein stiller, weißer Vorwurf, weil ich ihn seit gestern Abend, seit ich ihn aus dem Briefkasten genommen habe, nicht geöffnet habe.

Ich nehme ihn in die Hand. Beinahe ein wenig schlampig, jedenfalls aber weniger sorgfältig, als es ihre Gewohnheit ist, hat Laura meinen Namen und unsere Adresse auf das dünne Papier des Umschlags geschrieben. Ohne einen Absender hinzuzufügen. Laura hat keinen Absender auf die Rückseite des Briefumschlags geschrieben, denke ich. Und frage mich, ob das heißt, dass sie keine Antwort von mir möchte. Ich werde es nicht wissen, bis ich den Brief geöffnet habe.

Wenn sie etwas bräuchte, sage ich mir, würde sie mich anrufen.
Wenn sie mir sagen wollte, dass sie gut angekommen ist, würde sie anrufen.
Aber ein Brief bedeutet etwas, denke ich. Bedeutet mehr als ein Anruf. Mehr als eine E-Mail, denke ich.
Und weil ich Angst vor dem habe, was der Brief bedeuten könnte, lege ich ihn zurück auf den Küchentisch, wo er wieder beginnt, mir weiß und vorwurfsvoll ins Auge zu springen.

Kaffee, sage ich mir. Eine Tasse Kaffee, dann öffne ich den Brief, denke ich.

Einkaufen, sage ich mir. Davor noch einkaufen gehen, dann öffne ich ihn.

Kochen, sage ich mir. Ich muss etwas essen, bevor ich den Brief öffne.

Ich muss abwaschen, bevor ich den Brief öffne.

Ich gehe spazieren.

Ich trinke Tee.

Ich lese.

Ich werde müde.

Morgen, denke ich. Morgen werde ich den Brief öffnen.

8. November

01:13
Ich finde keinen Schlaf, sinke zwar immer wieder weg, aber
Lauras Brief, der weiße Umschlag am Küchentisch will
geöffnet werden. Wie ein Ast vom Ufer aus drängt er in
meinen Schlaf hinein, streift mir übers halb versunkene
Gesicht, ruft mir wieder in Erinnerung, dass ich gerade
abdrifte, lässt mich nicht still und kühl vergessen, wer ich
bin, wer ich war, dass ich niemand mehr sein werde. Er
streicht mir übers Gesicht, holt mich aus meinem Däm-
merzustand und spült mich zurück ans Ufer, wo ich ein
aufs andere Mal wieder und wieder damit beginne, mich
von meiner Müdigkeit wegschwemmen zu lassen, von den
paar Gläsern Wein, die ich getrunken habe, um schlafen
zu können, die mich müde und betrunken gemacht haben und die ich gegen den Brief stelle, gegen sein Recht,
geöffnet zu werden, das er mir immer und immer wieder
von der Küche bis hierher, bis in mein Bett in Erinnerung
ruft.
Still und vorwurfsvoll liegt er in der Küche, blassblau adres-
siert schweigt er mich von dort aus an.
Eine Zeit lang höre ich meiner Armbanduhr dabei zu, wie
sie die Minuten mit ihrem feinen Werk kleinsägt, ich schaue
an die von draußen mattblau beleuchtete Zimmerdecke. Und
irgendwann beschließe ich, dass es mir doch noch gelin-
gen wird, dass ich doch noch einschlafen werde. Mache die
Augen zu und treibe wieder dahin.

03:43

Ich stehe vor der Türe. Der Wind bläst durch meine Winter-
jacke. Nicht stark, aber kräftig genug, um durch das dünne
Hemd, das ich drunter trage, bis auf meine Haut zu wehen.

Ich mag diese fast sanfte Kälte auf meiner Haut, weil ich
es mag, wenn mich die Welt berührt. Und weil ich es mag,
wenn der Wind den Nebel vertreibt, weil das heißt, dass
morgen wieder die Sonne scheinen könnte, falls der Wind
Kraft genug hat, auch die Wolken am Himmel zu vertreiben,
wenn von Westen her, vom Atlantik her nicht immer neue
Wolkenbänder über unser Haus geblasen werden, franzö-
sische Wolken, die jetzt vielleicht gerade über die Algen-
büschel bei Bruneval wehen, über das kleine Restaurant in
der Rue Monge, in dem wir gegessen haben, Laura und ich,
vergangenen Sommer, die jetzt vielleicht über die Klippen
von Etretat wehen, über den Leuchtturm, in dessen nächt-
lichem Mondschatten wir unseren kleinen schäbigen Cam-
per so waagrecht wie möglich abgestellt hatten, den Wind
in den Ohren und die Tränen in den Augen, weil wir nicht
zueinanderfinden konnten, weil wir uns nicht geglückt waren in diesem Urlaub, weil wir nicht fassen konnten, was
sich da einzuschleichen begann, weil wir nicht fassen konnten, dass wir uns tatsächlich verlieren könnten.

Oder vielleicht, denke ich, vielleicht ziehen die Wolken noch
gar nicht über Frankreich, sondern gerade erst über England, über London, über Laura, die sie nicht bemerken wird,
weil sie bestimmt schon schläft, weil sie vielleicht doch
noch nicht schläft, weil sie gerade, ich weiß nicht, meine
Vorstellung reicht nicht so weit, ich sehe nur Laura vor mir,
Laura in einer fremden Stadt, zwischen Häusern, die ich
nicht kenne, unter Menschen, die ich mir nicht vorstellen
kann, in einem Leben, von dem ich nichts weiß.

Ich bemerke, dass ich zittere. Ich ziehe an meiner Zigarette. Und hinter mir, in der Küche, liegt immer noch Lauras ungeöffneter Brief, der mich beunruhigt.

Ich frage mich, warum ich ihn nicht einfach aufmache. Warum ich es nicht einfach hinter mich bringe.

04:37

Ich stehe in der Küche. Lauras Brief ist offen. Ich halte ihn in der Hand. Es sind bloß ein paar Zeilen, die sie geschrieben hat.

Ich fühle das dünne, beinahe durchsichtige weiße Blatt in der Hand. Und obwohl ich meine Augen fast nicht kontrollieren kann, bringe ich es fertig, den Brief doch nicht zu lesen.

Ich sehe die Worte, aber ich verbinde sie nicht miteinander.

Ich lege den Brief mit der Schrift nach unten auf den Küchentisch. Setze mich auf meinen hundert Jahre alten, dunkelbraunen Stuhl, den ich letztes Jahr gekauft habe, den ich mit hierher genommen habe, weil mir die Idee gefallen hat, dass er noch nicht in einer Fabrik, sondern von einem einfachen Schreiner in seiner einfachen Werkstatt hergestellt wurde. Von einem Menschen, der mir jetzt noch halb greifbar ist, obwohl er selbst schon lange verschwunden ist, obwohl von ihm nicht viel mehr übrig geblieben ist als ein paar Stühle, ein paar Tische vielleicht und das eine oder andere Eichenholzfenster, das in einem der alten Häuser der Umgebung noch eingebaut sein mag.

Ich sehe aus dem Fenster. Die Straßenlaterne beleuchtet die kleine Kreuzung neben unserem Haus, diese Weggabelung, auf der ihr Licht jetzt keiner braucht, weil alle hier schon schlafen, weil sie schon vor Stunden ins Bett gegangen sind, beinahe mit dem Dunkelwerden schon schlafen gegangen sind und es kommt mir vor, als ob das Licht der Laterne gerade eben nur für mich leuchten würde, für mich und den Walnussbaum in unserem Garten, den sie mit ihrem blauen Licht stumm anstrahlt.

Der Walnussbaum hat seine Blätter schon verloren. Und ich frage mich, was wohl der Igel gerade macht, der sich unter dem Walnussbaum im Laub und Geäst für den Winter eingenistet hat.

Ich gehe hinaus auf die Terrasse. Im Gras höre ich ein paar Tieren dabei zu, wie sie in der Novemberkälte etwas Essbares bearbeiten.

Knackknackknack knabbert es keine zwei Meter von mir entfernt. Und ich kann mir nicht erklären, welches Tier das sein soll, dass da an was weiß ich welchem Futterversprechen nagt.

Ich nehme eine Zigarette aus der Packung in meiner Jackentasche. Ich weiß, dass auch sie, wie die vielen vor ihr, die ich heute geraucht habe, nicht mehr schmecken wird, dass ich sie nur rauchen werde, um etwas zu tun zu haben, einen Grund, hier zu stehen.

Ich zünde sie trotzdem an, ziehe ihren Rauch in mich hinein, der gar nicht warm ist, der erst warm werden wird, wenn sie beinahe schon zu Ende geraucht sein wird, und während ich den scharfen Geschmack auf meiner Zunge spüre, während ich ihr Nikotin in meinem von der stetigen Vergiftung verspannten Nacken spüre, denke ich wieder an meine Zeit in Wien. Ich stelle mir vor, dass ich wieder in Wien bin. Im Wohnzimmer meiner kleinen Wohnung. Hinter Tür Nummer 18.

Natalie ist gerade zu dieser Türe hinausgegangen, hat meine Wohnung gerade verlassen. Hat gerade mich verlassen. Oder ich habe sie verlassen, bevor sie gegangen ist. Ich weiß es nicht mehr. Aber ich weiß, dass ich sie belogen habe, als ich ihr gesagt habe, ich hätte sie von Anfang an nicht richtig geliebt, hätte sie nicht geliebt, weil ich es nie soweit kommen lassen wollte, ihr tatsächlich Vertrauen zu müssen.

Ein paar Augenblicke lang stehe ich entscheidungslos in meinem Wohnzimmer. Dann gehe ich zur Eingangstüre.
Ich zögere, sie zu öffnen.
Ich zögere, Natalie zurückzuhalten, deren Schritte ich deutlich im Treppenhaus hören kann. Ich zögere zu lange.
Ich gehe zurück ins Wohnzimmer.
Ich setzte mich auf meine heruntergekommene Couch.
Die Sonne scheint zum ersten Mal in diesem Jahr wieder in meine Wohnung. Direkt auf mich. Sie wärmt meine Haut.
Die Haare an meinen Armen glänzen im Sonnenlicht. Sie werfen kleine Schatten. Die Schatten verschwimmen, weil ich zu weinen beginne.

Es ist ein sonderbarer Moment, in dem eine Liebe zu Ende geht, denke ich. Und habe dabei das Gefühl, dass mich dieser Gedanke gar nicht richtig betrifft. Dass er beinahe nichts mit mir zu tun hat, dass ich ihn denke ohne mir richtig bewusst zu sein, dass Natalie gerade gegangen ist.
Und obwohl ich im Grunde erleichtert bin, dass sie gegangen ist. Obwohl ich weiß, dass ich jemanden finden sollte, dass ich endlich jemanden finden könnte, dass ich jemanden finden werde, dem ich mein Vertrauen entgegenbringen kann, spüre ich, wie sich in meinem Kopf ein Gedanke festigt: Ich möchte noch einmal zurückkehren können. In

die Zeit, in der wir beide glücklich gewesen sind. Als alles leicht war. Weil ich es geschafft hatte, mein Herz an der Oberfläche der Liebe zu halten.

Ich sitze auf der Couch. Meine Arme hängen herab. Sie fühlen sich an, als gehörten sie nicht zu mir. Ich habe nicht die Kraft, sie zu heben. Ich müsste meine Arme heben, mich umdrehen und das Fenster öffnen. Mich hinauslehnen und nach ihr rufen. Ihren Namen rufen. Natalie rufen.

Ich stelle mir vor, wie sie im Hof steht. Und wartet. Darauf wartet, dass ich sie noch einmal rufe. Ich habe die Tür hinter ihr geschlossen. Sie wird nicht warten. Ich werde nicht rufen.

Mir wird schwindlig und schlecht, der Schweiß platzt mir aus der Stirn und ich weine hemmungslos.

Ich sehe, wie wir beide auf einer Wiese im Park liegen und ich mich seitlich zu ihr hingedreht habe, sie hat ein Auge ein wenig geöffnet, blinzelt mir entgegen und grinst mich an. Ich sehe, wie wir gerade in ein Taxi steigen. Wir sind beide schon ziemlich betrunken. Sie ist wütend, weil ich mich in einem Lokal mit einer anderen, auch sehr schönen Frau unterhalten habe.
Ich sehe, wie sie am selben Abend noch an der rot furnierten Ablage in meiner Küche steht und etwas auf ein Stück Papier schreibt.
Ich sehe, wie es ihr peinlich ist, dass ich das gesehen und mir den Zettel genommen habe.
Ich erinnere mich, was auf dem Papier stand: *Er fickt mich wie ein König.*

Ich muss lachen, weil ich immer noch nicht verstehe, warum sie an diesem Abend das Bedürfnis hatte, ihren Satz auf dieses kleine Stück Papier zu schreiben.

Ich erinnere mich daran, wie wir noch zwei Wochen vor dem Ende einen wunderschönen Tag miteinander verbracht haben. Wir wachten auf, schliefen miteinander, aßen, gingen spazieren und dann wieder zurück in die Wohnung, liebten uns noch einmal, wie man sagt. Dann standen wir auf. Wir duschten gemeinsam. Und danach ging sie. Sie ging und ich blieb.

Ich nahm mir ein Buch, um mit ihm den Abend zu verbringen, in der Gewissheit, dass Natalie auch diese Nacht wieder nicht in ihrer Wohnung schlafen würde, dass sie später, vielleicht erst mitten in der Nacht, ein wenig verraucht und nach Cuba Libre riechend unter meine warme Decke kriechen und vor Freude glucksen würde, wie sie immer vor Freude gegluckst hat, wenn sie sich an meinen warmen Körper schmiegen konnte, wenn auch sie nicht alleine schlafen musste.

Ich bin wieder auf meiner Terrasse, auf der Terrasse vor Lauras und meinem fast schon kitschig schönen Haus. Ich stehe auf den von der Luftfeuchtigkeit etwas glitschigen Holzdielen und schaue in den Walnussbaum. Ich werfe die zu Ende gerauchte Zigarette in den Garten. Und weiß inzwischen, dass Natalie mich innerlich keine Woche nach diesem letzten schönen Tag verlassen hat, weil sie jemanden anderen getroffen hatte. Vielleicht, denke ich, hat sie sogar diesen Abend, den ich mit meinem Buch verbracht habe, mit ihm verbracht, mit dem, dessen Namen ich nicht einmal weiß.

Sie hat jemanden kennengelernt, wie man sagt. Aber das mir zu sagen, dafür war Natalie zu nett. Und mich, denke ich, hat es in meiner Einfältigkeit Monate gekostet, das zu verstehen. Und als ich mir dann sicher war, denke ich, tat es schon gar nicht mehr weh. Machte es mir schon gar nichts mehr aus, dass sie mich betrogen hat, oder wenn schon nicht betrogen, dann wenigstens ausgetauscht. Es hat mir niemals wirklich wehgetan. Es tut auch jetzt nicht weh.

Ich gehe zurück in die Küche, nehme Lauras Brief und lese ihn. Sie schreibt, dass sie ihre Kreditkarte vergessen hat. Ich soll die Karte nach London schicken, an

Laura Karl
c/o Brad Silverfield
Bermondsey Wall 17
SE 1 London

Die Nachricht ist harmlos, das weiß ich. Die Tatsache, dass Laura ihre Kreditkarte vergessen hat, ist beinahe nicht erwähnenswert.
Was mich beunruhigt, ist die Adresse: c/o Brad Silverfield. Denn Brad, das ist der zweite große Mann in ihrem Leben. So hat sie es vor ein paar Monaten erst genannt. Das ist der zweite Mann in meinem Leben. Und ich kann nicht anders denken als: Das war einmal der erste Mann in ihrem Leben.
Es schockiert mich, dass sie bei ihm wohnt. Mit ihm auf dem kleinen Boot, von dem Laura mir erzählt hat, weil er ihr davon erzählt hat. Oder geschrieben, ich weiß es nicht mehr, wie die Geschichte von Brads Boot aus London zu uns gedrungen ist. Wie ich von dem Boot erfahren habe,

auf dem er seine Abende verbringt, ganz in der Nähe der Tower Bridge. Und auf dem auch Laura ihre Abende jetzt verbringt. Und ich weiß: Das sollte mich nicht schockieren. Und doch bin ich erschüttert, weil ich um die Gefahr weiß, die davon ausgeht.

9. November

09:12

Ich liege in meinem Bett. Ich halte ein Buch in der Hand. Schon seit einer halben Stunde halte ich dieses Buch in der Hand, von dem ich weiß, dass es mich mitreißen sollte. Eines dieser Bücher, die mich schon ab dem ersten Satz nicht mehr loslassen. Deren Sprache mich fesselt, deren Sätze mich nicht mehr freigeben, die mich heute aber nicht berühren, weil ich zwar lese, mich bei jeder neu umgeschlagenen Seite aber dabei erwische, dass ich mich nicht an eine Einzelheit, nicht an einen einzigen Satz erinnern kann, den ich gelesen habe, dass ich keinen Namen weiß, dass ich die im Buch genannten Namen keiner Person zuordnen kann. Es ist, als sei ich blind für das, was ich lese. Nein, nicht als sei ich blind, ich stehe bloß einen Schritt zu weit weg vom Text. Stehe nicht, sondern drehe mich, kreise immer um den selben Gedanken, kreise um ein Bild in meinem Kopf, kreise um Laura, die bei Brad schläft, die diese Nacht, durch die ich mich dämmrig im Halbschaf gequält habe, bei Brad geschlafen hat. Und sie wird auch heute wieder, denke ich, und spüre dabei die Müdigkeit, die noch immer über meinem Körper liegt, sie wird auch heute wieder bei Brad schlafen. Und morgen, denke ich, auch morgen wird sie bei Brad schlafen, übermorgen, die ganzen restlichen Tage, die sie in London verbringt, wird sie auch bei Brad verbringen, denke ich. Kann nicht anders, als ständig daran zu denken, während ich der Sonne dabei zusehe, wie sie fast schüchtern in mein Schlafzimmer hereinscheint. Während ich ins gelbe Licht der Deckenlampe schaue, das mich beruhigen sollte, das mich aber nicht beruhigt. Während ich

das Buch in der Hand halte und schon die nächste Seite um-
blättere, während ich immer noch lese, ohne zu verstehen,
was ich da lese. Ohne etwas außerhalb meines Kopfes wirklich wahrzunehmen.

Ich weiß, dass es der Schlaf wäre, der mich retten könnte.
Dass ich beim Schlafen meine Nerven entspannen, das Ge-
dankenkarussell anhalten oder wenn schon nicht anhalten
es wenigstens unterbrechen könnte, es zudecken könnte.
Dass ich dabei eine schwere Decke über meine Angst legen
könnte, unter der sich ihr Körper hin- und herwälzen würde, wie ich meinen Körper beim Schafen hin- und herwälzen würde, wenn ich denn schlafen könnte, wenn ich die
Angst tatsächlich zudecken könnte, wenn ich es schaffen
könnte, dass nicht ständig Brads Bett in meinem Kopf auf-
taucht, die weißen Laken seines Bettes, das ich doch nie gesehen habe, das ich wahrscheinlich auch nie sehen werde,
obwohl ich gerade Brads zerschlafene Bettwäsche sehe, seine
von ihm achtlos auf den Boden fallen gelassene hellbraune
Hose.
Ich sehe die weiß lackierte, schmale Tür, die in Brads Zim-
mer führt.
Ich sehe ein rundes, in einen dunkelbraunen Holzschrank
eingepasstes Messingwaschbecken.
Ich sehe daneben eine Toilette.
Ich sehe eine Haarbürste, ich sehe Lauras Haarbürste, wie
sie auf Brads Waschbecken liegt.
Ich stelle mir Brads Küche vor, mit all den Dingen darin.
Mit Töpfen, Tellern und auf dem Tisch stehengelassenen
Gläsern.
Ich stelle mir Brads Küche vor, mit all den Dingen darin.
Mit Töpfen, Tellern, Gläsern. Und mit Laura.

Ich stelle mir Brads Küche vor, mit Laura darin. Mit Brad
darin. Mit Laura und Brad darin.

Ich stelle mir vor, wie sie sich berühren. Wie Laura und Brad
sich berühren.
Ich stelle mir vor, wie sie sich anlächeln. Wie Brad Laura
anlächelt. Oder wie Laura Brad anlächelt.
Ich stelle mir vor allem vor, wie Laura Brad anlächelt.
Mein Herz schlägt schneller, als es meine Müdigkeit zulas-
sen sollte. Und ich denke daran, wie gut ich mich vorm Leben beschützt glaubte, so gut beschützt durch Lauras Zuneigung. So gut beschützt, weil ich sie und weil sie mich
berührte.

10:34
Ich habe mich beruhigt.
Ich stelle mir Laura und Brad in London vor. Ich stelle mir
Laura und Brad in seiner Wohnung in London vor. Genauer, ich stelle mir Laura und Brad auf dem kleinen Schiff
vor, das Brad sich gemietet hat. Ganz in der Nähe der Tower Bridge mit Blick auf die Themse sehe ich die beiden
an Brads Küchentisch sitzen und reden. Ich sehe, wie sie
nicht nur reden, sondern wie sie sich unterhalten. Wie sie
sich dabei amüsieren und wie sie lachen.
Ich sehe hin, sehe mir dieses Bild genau an und fühle kaum.
Ich habe mich zurückgezogen. Ich wische ihre Geschichte
weg. Ich werde nicht ihre Geschichte denken, denke ich. Meine Geschichte werde ich erzählen. Ich werde mir meine Geschichte erzählen und ich werde mich dabei bewegen.

10. November

15:27

Ich bin in Berlin. Ich fahre im Auto durch die Stadt und verliere mich in den Namen der weißen Straßenschilder, in der Flut der Wege und Straßen, drehe mich im Kreis, auf der halb hilflosen Suche nach der Hobrechtstraße, nach meinem Ziel in Berlin, wenn man das ein Ziel nennen kann, wenn man einen Ort, von dem man nicht weiß, was man dort mit sich anfangen wird, ein Ziel nennen kann.

Die Radfahrer, die von allen Seiten auf mich zufahren, machen mich nervös. Ständig habe ich das Gefühl, dass wieder einer oder eine sich in meinem toten Winkel verschanzt hat, nur darauf wartend, dass ich mich beim Lesen der Straßenschilder nicht auf die Fahrbahn konzentriere.

Die unterschätzen mich, denke ich. Oder überschätzen mich, was auf das gleiche herauskommt. Und weil ich keine Lust habe, einen von diesen mit Schals und Mützen Vermummten hier vom Fahrrad zu stoßen, ihn oder sie dann draußen hinter meinem Auto liegend schreien zu hören, oder im besten Fall, wenn praktisch nichts passiert sein sollte, auch nur das Gezeter des oder der Niedergefahrenen zu hören, überlege ich, zu Hupen und meine Warnblinkanlage an zu machen, damit alle um mich herum wissen: Nicht nur mein Kennzeichen, auch ich bin hier fremd, finde mich nicht zurecht, bin die Gefahr.

16:03
Ich habe endlich einen Parkplatz gefunden. Endlich das Ge-
tümmel der Straßen hinter mir gelassen. Und während ich
meinen Rucksack greife, merke ich, wie die Anspannung
aus meinem Körper weicht. Wie meine Müdigkeit ihr
Recht einfordert. Und wie meine Augen sich langsam wieder beruhigen. Nicht mehr nervös hin- und herspringen,
um nur ja niemanden zu übersehen, keinen Blechschaden
zu verursachen und um mir nicht von irgendeinem zufälli-
gen Unfallgegner sagen lassen zu müssen, dass ich an allem
schuld sei.
Aus Misstrauen, ich weiß gar nicht wem gegenüber, räume
ich mein Auto vollständig aus. Ich stopfe meinen Führer-
schein, die Fahrzeugpapiere und all die anderen Dinge, die
man als wichtig erachtet, in meinen Rucksack. Nur mein Telefon nicht, das wahrscheinlich noch immer zu Hause auf
dem Küchentisch liegt, das ich dort in der Eile, die ich mir
bei der Abfahrt selbst vorgemacht habe, liegen lassen habe.
Und das ist ja auch nicht weiter tragisch. Weil mich ohnehin niemand wird erreichen wollen. Zumindest niemand,
der nicht warten könnte, bis ich wieder zu Hause bin. Außer Torsten, fällt mir ein. Und ich nehme mir vor, ihn anzurufen. Heute noch. Oder vielleicht doch lieber morgen.
Morgen werde ich ihn anrufen. Und dieses Mal wenigstens
mit einem plausiblen Grund, durch den er sich zu keiner
Gefälligkeit mehr gedrängt sehen kann.

17:15
Ich gehe spazieren. Und ein kalter, aber immerhin nicht kräf-
tiger Wind weht über die Warschauer Straße, weht durch
meine zu dünne Hose, während ich an den roten Backstein-

mauern des Warschauer Bahnhofs vorbei in Richtung Fried-
richshain gehe.

Der Himmel hängt hoch und beinahe wolkenlos über mir,
und seltsamerweise hat seine Weite nichts Befreiendes an
sich. Aber auch nichts Bedrohendes. Er legt sich einfach
nur über mich, denke ich. Ohne etwas bedeuten zu wollen, steht er von der Dämmerung dunkelblau geworden da.
Reißt mich ein wenig aus der Verankerung der Zebrastreifen,
der vorbeifahrenden Autos und der Menschen, die über die
Oberbaumbrücke in dieselbe Richtung wie ich gehen.

Ich versuche mir klar zu machen, was ich hier eigentlich
will. Was ich zwischen diesen halb heruntergekommenen
Gebäuden suche. Welche Spur von Laura ich hier wieder-
finden will, in einem der Häuser an der Warschauer Straße,
hinter einem dieser Fenster, durch die sie damals oft auf
die Warschauer Straße gesehen hat, aus dem sie den Verkehr
und die Menschen beobachtet hat, Unbekannte, die mit ihren Autos und Fahrrädern vorbeifahren und in ihren Leben
verschwinden, die ihre Hunde ausführen, die warten, bis
die Köter ihr Geschäft auf dem kleinen Grünstreifen, der
die Straßenbahn von der Fahrbahn trennt, verrichtet haben,
um sich dann umzudrehen und wieder nach Hause zu gehen, die sich danach wieder in ihre rechteckigen, möblier-
ten Wohnungen verziehen und mit denen man praktisch
nichts gemein hat, die man den ganzen Tag über beobachten kann, ohne auch nur einem von ihnen einen Schritt näher zu kommen.

Ich erinnere mich, dass Laura mir erzählt hat, wie sie hier
nach ein paar Wochen auf der Straße dieselben Leute wie-
dererkannt hat, denen sie von ihrem Fenster aus in ihre Leben hineingesehen hat. Von denen sie wusste, ob sie im Gemüseladen gegenüber einkaufen oder im Spätkauf, in der

Weinboutique oder im heruntergekommenen Schnapsladen auf der Warschauer Straße.

Es ist eigenartig, hat sie gemeint, dieses Gefühl, wenn man Menschen sieht, von denen man nicht viel, aber immerhin doch genug weiß, um zumindest glauben zu können, dass man sie kennt. Die einem vertraut sind, obwohl man noch nie ein Wort mit ihnen gesprochen hat. Die einem auf gespenstische Weise nah sind und die wahrscheinlich nicht die geringste Ahnung haben, dass man eine Geschichte, dass man ein Bild mit ihnen verbindet.

Ich suche die Straße nach dem Gemüseladen ab, nach dem Spätkauf gleich neben dem Laden, der ihrer ehemaligen Wohnung gegenüber liegt, den man von dem Zimmer aus beobachten kann, von dem Fenster aus, an dem Laura damals regelmäßig gestanden hat, damals, bevor sie in meinem Leben eine Rolle zu spielen begann.

Ich erinnere mich, wie ich ihr von meinem Leben vor ihr erzählt habe. Davon, dass ich sie immer schon gekannt zu haben glaubte. Nicht auf abstrakte Art, denke ich. Ganz konkret hatte ich ein verwaschenes Bild von Laura in meinem Kopf getragen, über Jahre hinweg mit mir herumgetragen Und ich wusste, dass sie mir begegnen würde. Ich wusste, dass die feine Zärtlichkeit für diesen mir noch unbekannten Menschen, dass diese Zuneigung tatsächlich einen realen Körper, eine reale Person oder Seele, wenn man so will, finden würde.

Ich erinnere mich, wie ich Laura mit der Geschichte zu Tränen rührte. Und ich fühle, wie mich dieser Gedanke jetzt körperlich angreift, wie er sich gegen mich stellt, weil sich meine Verzweiflung in ihn mischt, weil ich Angst davor habe, dass sie vielleicht schon bald auch bei mir nur mehr gewohnt haben wird. Dass sie in ein oder zwei Jahren auch in meinem Alltag kaum mehr Spuren hinterlassen haben könnte als hier. In der Warschauer Straße, die nichts mehr von Laura weiß. In der nichts außer vielleicht ein paar Flecken an einer weißen Zimmerwand, außer ein paar Druckstellen, die ihr Bett auf dem Parkett hinterlassen hat, mehr an Laura erinnert.

Über die Kreuzung Grünberger Straße drängen sich die Menschen. Noch vor zwei Stunden drängten sie sich um mich. Fühlte ich mich von ihnen gegängelt. Hin und her dirigiert. Man kann in Berlin kaum geradeaus gehen. Immer muss man um irgendjemanden herum. Irgendwem ausweichen. Oder selbst irgendeinen dieser Passanten verdrängen. Keiner passt hier auf den anderen auf.
Auch ich nicht. Nicht mehr, weil ich innerhalb kürzester Zeit wieder in meinen Großstadttrott verfallen bin. Ich drängle. Weiß, wohin ich will. Und lasse mir nichts anmerken, wenn ich mich gerade nicht zurechtfinde.
In Wien ist man sich egal. In Wien, wo ich Laura kennengelernt habe, wo ich Laura zu lieben gelernt habe, nimmt man sich nicht wahr. Man geht aneinander vorbei, als gäbe es ein geheimes Leitsystem, das unsere Körper steuert, das uns daran hindert, einfach in einen der vielen Entgegenkommenden hineinzulaufen. Man weicht sich diskret aus, knüpft erst gar keinen Kontakt zu den vielen anderen, die täglich an einem vorbeiziehen. Aber hier sieht man sich an. Sieht einander in die Augen. Und ich frage mich, wie viel die Menschen hier dabei sehen. Wie viele von den Leuten hier dabei noch etwas anderes sehen als die Körper der anderen, die hinter Ecken hervor und aus den Tunnels der U-Bahnen herauskommen.

Ich frage mich, wie Laura wohl damit umgegangen ist. Damals, als sie hier gewohnt hat. Ich frage mich, warum sie nach Wien gegangen ist. Aus dem lebendigen Berlin ins tote Wien. Das hat keinen Sinn. Lieber hier sein, denke ich. Und erinnere mich daran, warum ich Wien verlassen habe. Verlassen wollte. Warum ich aus Wien weg musste.

Ich erinnere mich an die tödliche Stimmung. An das Bedürfnis, die anderen hinunterzuziehen. Sie fertig zu machen, niederzureden. An die hermetische Abgeschlossenheit, mit der man sich in Wien einzeln oder grüppchenweise von seiner Außenwelt abgrenzt. Und ich frage mich, ob es bloß ein Stück Wien ist, das ich in mir trage, das verhindert, dass ich mich anderen ohne Vorbehalte öffnen kann. Ich frage mich, ob es Wien ist. Ich frage mich, ob es Österreich ist.

20:12

Immer noch in der Warschauer Straße. Ich sitze in einer Bar. Wenn man das hier eine Bar nennen kann.

Ich warte. Ich überlege, ins Kino zu gehen. Ich überlege, nach Hause zu gehen. Nicht nach Hause sondern in Julias Wohnung, die sie mir für ein paar Tage überlassen hat, die sie nicht wirklich mir überlassen hat, sondern die sie dem überlassen hat, der mit Laura zusammen ist, die sie im Grunde also Laura überlassen hat.

Es tut mir gut, dass es dort, dass es in Julias Wohnung kein Telefon gibt. Weil es heißt, dass ich nicht darauf warten kann, dass jemand etwas von mir will.

Es tut mir gut, dass dort niemand kommen kann. Nicht wie zu Hause, wo immer zumindest potenziell jemand da ist, der etwas will. Der die Zeitung vorbeibringt, einen Liter Milch oder einen Karton voller Bauernhof-Eier, die Laura bestellt hat.

Hier kann keiner kommen, der mir ein Paket übergeben will, für mich oder den Nachbarn. Der fragen will, wann Laura denn wiederkommt, weil er etwas von ihr braucht oder sich einfach mit ihr unterhalten will.

Es tut gut zu wissen, dass ich in Julias Wohnung abgeschnitten bin, für niemanden erreichbar. Dass ich dort tatsächlich allein sein werde.

21:03

Ich war nicht im Kino. Ich war nicht im Theater. Auch in keiner Bar mehr. Aber ich habe einen Schokoriegel gekauft. Mich in einer Tankstelle vor die Verkaufstheke gestellt und das Regal nach einem Schokoriegel mit Karamell und Nüssen abgesucht.

Ich weiß nicht, ich stand vielleicht etwas planlos und entscheidungsschwach herum. Und vielleicht war es gerade meine Unentschlossenheit, die dem Mann hinter der Theke Angst gemacht hat. Die ihn unsicher und aggressiv werden ließ. Die ihn dazu gebracht hat, mich abweisend und brutal anzusprechen. Mich anzuschnauzen und mir damit zu zeigen, dass er und nicht ich, der verdächtig hinter die Theke schauende Kunde, die Situation bestimmte.

Damit, denke ich, damit bin ich jetzt wohl wirklich in der Stadt angekommen. In Berlin, wo man voreinander auf der Hut ist.

Sperr zu viele Ratten in einen Käfig und sie beißen sich tot, hat mir ein Kumpel über Berlin gesagt. Gerhard, der aus Berlin aufs Land geflüchtet ist.

Zu viele Ratten, das sagt eigentlich schon alles, denke ich. Und weiß doch nicht, worüber das eigentlich alles sagen soll, über Gerhard oder über Berlin.

Ich sehe mir möglichst unauffällig die Brotauswahl im Spät-kauf an, nehme eine Tafel Schokolade. Ein Glas Marmela-de. Eine Flasche Wasser. Und eine Flasche Wein. Nein, besser Bier. Den Wein würde ich nicht austrinken. Alleine trinke ich keine ganze Flasche Wein. Heute nicht und auch morgen nicht. Er würde in der geöffneten Flasche verder-ben, denke ich. Und packe drei Flaschen Bier in meinen klei-nen roten Einkaufskorb.

11. November

09:43

Ich liege in Julias Bett, versinke in der weichen Matratze. Und freue mich ein wenig darüber, dass die draußen so laute Stadt hier drinnen erstaunlich still ist. Überhaupt klingt Julias Wohnung nicht nach Berlin. Kaum ein Geräusch dringt durch die Fenster. Es ist so ruhig, dass ich meinen eigenen Atem hören kann. Mein Herz, das leise schlägt. Mein Blut, das dumpf durch meine Ohren strömt.

Während ich wach werde, kriecht mir langsam ein flaues Gefühl aus dem Magen in die Brust. Ich spüre, dass ich Laura vermisse. Laura und unser gemeinsames Leben. Dass ich hier, in Julias Bett, mitten in Berlin, in dem ich niemanden kenne, alleine bin. Dass ich hier allein sein werde. Und dass es im Grunde vollkommen sinnlos ist, mich hier zu verkriechen. Weil ich inzwischen leider auch selbst hier angekommen bin, weil ich mir auch mit meinem idiotischen Vollgashang, weil ich mir auch mit meinen idiotischen 200 Stundenkilometern auf der Autobahn nicht davonfahren konnte.

Ich drehe mich um und hoffe, wenigstens noch ein oder zwei Stunden schlafen zu können.

10:30

Immer noch im Bett. Ich liege immer noch da. Und ich habe Hunger. Ich sehe das Croissant vor mir, von dem Julia am Telefon erzählt hat. Ich sehe die Vitrine in der Brezel Company, die nur ein paar Schritte von Julias Wohnung entfernt sein soll. Ich sehe eine Verkäuferin in einem weißen

Mantel vor mir. Ich rieche frisch gemahlenen Kaffee. Und weil mich die Aussicht auf frisches Gebäck und einen heißen Kaffee aufheitert, beschließe ich aufzustehen.

Aus dem Duschkopf kommt nur lauwarmes Wasser. Was heißt, ganz am Anfang, etwa zwei Minuten lang, konnte ich heiß duschen. Danach ließ die Temperatur nach und inzwischen kann ich nicht mehr anders, als aus der immer kälter werdenden Dusche in mein Handtuch zu flüchten.
Während ich mich abtrockne sehe ich, dass der Wasserspeicher bloß zu niedrig eingestellt ist. Ich drehe ihn höher und freue mich auf morgen. Darauf, dass meine Dusche morgen perfekt sein wird.

Ich frage mich, wie das auf Brads Schiff, nein, ein Boot, es ist ein Boot, auf dem Brad wohnt. Und ich frage mich, wie das auf diesem Boot, wie das denn auf Brads Boot mit Wasser ist. Ob seine Dusche warm genug wird, um sich lange drunterzustellen.
Sofort sehe ich wieder Laura vor mir. Ich sehe sie nackt unter Brads Dusche stehen. Ich höre Brad in der Küche. Nein: Ich beschließe, dass Brad schon aus dem Haus gegangen ist. Ich habe ihn aus dem Haus geschickt, durch die feuchten Gassen an der Themse geht Brad zur U-Bahn. Oder er fährt mit dem Fahrrad. Nein: Während Laura unter Brads Dusche steht, ist er zu Fuß unterwegs zur U-Bahn.
Er ist geschäftig, denke ich, er ist involviert, dieser Medienbrad, der auf der Straße manchmal von Fremden angesprochen wird, von Leuten, die ihn kennen. Aus dem Fernsehen oder aus dem Internet, was weiß ich.
Jedenfalls wird er erkannt. Er wird in Clubs fotografiert und ich kann mir diese Fotos im Internet ansehen. Und er ist

gefragt. Die BBC ruft ihn an und möchte seine Meinung einholen. Will ihn für ein Interview haben.

Und er wird nicht nur gefragt, Brad erklärt auch. Nicht nur im Fernsehen, sondern vor allem erklärt er einmal in der Woche einer Menge Menschen, die die Zeitung lesen, für die Brad arbeitet und auf der sein Ruhm beruht, zurecht beruht, muss ich zugestehen, weil Brad auf seine Art brillant ist, muss ich gelten lassen, weil er größer ist als die allermeisten anderen, weil er vor allem größer ist als ich, auch wenn es mir nicht gefällt, dass er tatsächlich seinen Lesern den Unterschied zwischen Richtig und Falsch erklärt, weil es mir nicht gefällt, dass sich auch heute noch einer wie Brad hinstellt und den Leuten erklärt, wie die Welt sich dreht, wie sie funktioniert und was die anderen dabei alles nicht verstehen können oder wollen, weil all die Betrüger und sonstigen Weltinterpreten da draußen in Brads Wahrheit ja nichts anders wollen als seine Leser zu manipulieren, was er ja nicht will, dieser Brad, denke ich, und lache insgeheim, weil ich ihn in diesem Punkt von oben heraburteilen kann, denke ich, weil er natürlich, denke ich, auch nur ein Rädchen ist, vielleicht ein größeres als andere, aber immer noch ein Rädchen, das die anderen bloß über die Medienmaschine manipuliert, er ist immer noch nicht mehr als einer von diesen Wissenschaftsjournalisten, denke ich, die andere im Sinn einer Lehrmeinung, nein, nicht einer Meinung, es ist schon eine Weltanschauung, denke ich, die Wissenschaft, für die Brad direkt und indirekt in die Bresche springt. Und er, freue ich mich festzustellen, ist nur einer ihrer Botschafter.

Aber was bin denn ich hier, in diesem Badezimmer in Berlin, in diesem eineinhalb Meter breiten, gefliesten Schlauch, den irgendein Wohnungsbesitzer in so etwas wie ein Bad verwandelt hat, vor nicht sehr langer Zeit, denke ich, wenn ich mir die Fließen ansehe, wenn ich in die Ecken sehe, in denen sich trotz der miserablen Lüftbarkeit des Raums, trotz der Staunässe, die sich hier zwangsweise bilden muss, noch keine Feuchtigkeitsflecken gebildet haben. Was bin denn ich, denke ich, der ich nichts anderes kann, als immer noch an Brad zu denken, den ich in meinem Kopf zu einem Termin geschickt habe. Er wird einem Minister oder irgendeiner anderen öffentlichen Instanz auch heute wieder erklären, wie er die Dinge sieht. Und man wird ihm zuhören, zu Recht zuhören. Wie man mir nicht zuhört, denke ich. Wie man mir zu Recht nicht zuhört, weil ich nichts zu sagen habe. Weil ich mich bloß in meine Privatheit zurückgezogen habe. Weil ich mich schon mein ganzes Leben lang in mein Privatleben zurückgezogen habe und weil ich nie auch nur daran gedacht habe, dass ich von öffentlichem Interesse sein könnte, dass meine Meinung für die Welt da draußen eine Rolle spielen könnte, dass ich das Recht hätte oder die Pflicht, da draußen etwas zu bewegen.

Und ich frage mich, ob ich dieses Gefühl habe, weil ich in einem kleinen Dorf aufgewachsen bin, in einer 2000-Seelen-Gemeinde, wie man sagt, in der eine Handvoll Bauern im Grunde diese kleine 2000-Seelen-Welt gestaltet, weil dort einer wie ich, ein Kind von zugezogenen Arbeitern nichts zu sagen hat, nie wirklich etwas zu sagen haben wird, weil diese Bauernfamilien schließlich nicht erst seit gestern sondern schon über Hunderte von Jahren hinweg das Dorfgeschehen in der Hand haben.

Ich frage mich, nein ich sehe, dass das bei Laura anders ist, die auch aus einem kleinen Nest kommt, aber aus einer Familie, die dort immer schon gestaltet hat. Nein, vielleicht nicht immer schon, aber seit ein paar Generationen hat ihre

Familie dieses Dorf gestaltet, ist sie der größte Arbeitgeber dort geworden, ihre Großväter waren Bürgermeister, bürgerliche Bürgermeister zwar und nicht bäuerliche, aber trotzdem, denke ich, ist es dieser Hintergrund, aus dem heraus Laura ihre Welt gestaltet, und vielleicht, denke ich, nein, ich weiß, dass es auch mein Hintergrund ist, aus dem heraus ich meine Welt nicht gestalte, sondern sie nur erleide, sie auf mich zukommen lasse, ohne dass ich dabei das Gefühl habe, sie tatsächlich beeinflussen zu können.

Und für Brad, denke ich, dessen Vater schon Dekan in Oxford war, ist es wahrscheinlich das Normalste der Welt, dass er sich hinstellt und den Menschen die Welt oder wenigstens einen Teil der Welt erklärt.

Für Brad ist es vielleicht ganz normal, dass er den Unterschied macht. Und ich merke, dass deshalb Wut in meinem Bauch aufsteigt. Gar nicht so sehr Wut auf Brad persönlich, den ich ja nicht kenne, von dem ich bisher nur ein zugegeben sympathisches Lächeln auf Fotos gesehen habe, von dem ich bisher nicht viel mehr als zehn Zeilen gelesen habe. Nein diese Wut, die in mir aufsteigt, ist mehr eine unpersönliche Wut auf diese unausgesprochenen Führungsschichten, die es überall zu geben scheint, die es auf jeden Fall in Österreich gibt und die es auch in Deutschland gibt. Ich bin wütend auf diese beinahe geburtsrechtlich organisierten Seilschaften, die so viele Entscheidungen über die Köpfe von so vielen hinwegtragen und in denen großteils Menschen sitzen, deren Eltern ebensolche Entscheidungen über ebenso viele Menschen hinweggetragen haben.

Ich fühle sie im Bauch, meine alte Freundin Wut, diesen pathetischen Zorn von unten nach oben, von dem ich weiß, dass er mich nicht weiterbringen wird, weil ich weiß, dass mich nur ein Schritt in die Öffentlichkeit weiterbringen könnte, dass mich nur mein eigenes Engagement weiterbringen könnte, das ich aber nicht zeige, weil ich es mir gar nicht zutraue, tatsächlich engagiert zu sein.

Ich fühle, wie ich auch gerne einer von denen sein würde, die zählen. Einer von denen, die den Unterschied machen.

Ich fühle, wie gerne ich es hätte, wenn sich die Menschen auch für mich interessieren würden.

Tatsächlich aber interessiert sich keiner für mich. Ich stehe hier in Julias engem Badezimmer und niemand würde es bemerken, wenn ich nicht hier stünde. Wobei nicht wesentlich ist, ob ich in Julias Badezimmer, in irgendeinem Theater, bei einer Wahlveranstaltung, einer Diskussionsrunde oder was weiß ich wo stehe. Der wesentliche Punkt bin ich, ist dieses bisschen Persönlichkeit, das ich gelernt habe Ich zu nennen und von dem ich weiß, dass über einen kümmerlichen privaten Rahmen hinaus kaum jemand bemerken würde, wenn es gar nicht da wäre.

12. November

10:58

Im Untergeschoss von Karstadt am Hermannplatz lehne ich mich über meinen Einkaufswagen und denke an gestern Abend. Daran, wie ich auf dem Rosa-Luxemburg-Platz stand, vor der Volksbühne, mit hochgeschlagenem Kragen, im Nieselregen und mit einer Zigarette in der Hand. Ich erinnere mich an die verschiedenen Menschen um mich herum. Manche standen zu kleinen Grüppchen zusammengerottet. Andere alleine. Ich erinnere mich an ein junges Pärchen. Die beiden standen da, teilten eine Zigarette. Stiegen etwas nervös von einem Bein aufs andere, vielleicht, weil sie gespannt waren auf den kommenden Theaterabend, weil sie voller Erwartung waren, nicht nur dem Theater sondern auch sich gegenüber, vielleicht sogar vor allem ihrer Zweisamkeit gegenüber.

Ich erinnere mich an den in einen knielangen, grauen Mantel gehüllten 50-jährigen Mann, dem ich dabei zusah, wie er seine Kreise zog. Langsam und bedächtig mit seiner Zigarette in der Hand, die er wie alle anderen hier vor dem Theater rauchen musste. Ich erinnere mich, wie er immer wieder stehenblieb, zu Boden sah und die im Pflaster eingelassenen Zitate von Rosa Luxemburg las. Er hielt sich förmlich fest an diesen Zitaten. Und ich frage mich, ob er vielleicht öfters ins Theater geht. Ob er dann vielleicht immer vor der Türe der Volksbühne steht, und ob er sich vielleicht jedes Mal an diesen Zitaten festhält, wie sich die anderen an ihrer Gesellschaft, an ihren Freunden, Partnern und Kollegen festhalten.

Ich denke daran, wie ich fünf Minuten vor Beginn der Aufführung ins Foyer gegangen bin, wie ich meine Jacke an der Garderobe abgegeben habe, wie ich zwischen durchweg älteren Herren am Pissoir der Toilette gestanden habe und wie ich mich am Ende in die Mitte der neunten Reihe drängen musste, weil alle anderen schon saßen.

Ich erinnere mich an den Geruch der Volksbühne, die wie ein altes Zugabteil stank. Wie ein heruntergekommenes Eisenbahnabteil. Muffig nach alten Polstern, nach altem Holz und nach Jahrzehnte lang aufgetragenen und wieder abgewaschenen Putzmitteln.

Die Schauspieler kamen auf die Bühne. Zwei Damen, die nichts dafür konnten, dass der Regisseur es offenbar darauf angelegt hatte, die paar hundert Menschen, die da um mich herum im Theater saßen, zwei Stunden lang anzuöden.

Ich sehe meine Armbanduhr vor mir, auf die ich alle fünf Minuten geschaut habe. Auf der ich eine ganze Stunde vergehen sah. Bevor mir der Geduldsfaden riss. Bevor ich aufstand und mich an den Menschen in der neunten Reihe vorbei nach draußen quetschen wollte.

Aber eine ältere, nicht unsympathische Frau neben mir fand das offenbar ungehörig. Wollte mich tatsächlich nicht vorbeilassen und wies mich mit ihrem schmalen Zeigefinger streng auf meinen Platz zurück. Auf den ich mich auch verweisen ließ. Und auf dem ich mir ungefähr fünf Minuten lang noch die Menschen um mich herum ansah.

Lehrer, dachte ich. Ein Gymnasialprofessorentheater ist das hier. Dieser Regisseur, dieser weltbekannte Regisseur, dachte ich, inszeniert hier für Brillenträger in Kordsakkos und Rollkragenpullover. Und ohne es selbst richtig zu merken, fühlte ich mich aufstehen. Sah ich den bestimmten Blick der älteren Dame neben mir, die mich auch diesmal nicht nach draußen lassen wollte. Und ohne es wirklich unter Kontrolle zu haben, ohne zu wollen, dass es passiert, spürte ich meinen Mund aufgehen. Spürte ich meine Stimmbänder sich spannen. Und es war beinahe so, als hörte ich mir selbst dabei zu, wie ich in Richtung Bühne rief:

Die Sitze hier stinken wie ein altes Eisenbahnabteil und euer verficktes Theater stinkt genauso. Ihr seid zum Kotzen. Langweilig seid ihr und ich weiß nicht, was ihr hier wollt, außer uns alle durch den Abend quälen. Außer das Theater zu Grunde richten, es fertig machen mit euren Belanglosigkeiten. Mit eurem tödlichen Scheiß hier.
Und Sie, Frau Oberstudienrat, zischte ich meine erschrockene Nachbarin an, *lassen mich jetzt gefälligst raus hier!*

Jetzt, während ich immer noch durch Karstadt gehe, mir überlege, ob ich es übers Herz bringen und mir einen dieser teuren Whiskeys kaufen soll, wobei, ums Herz geht es dabei am Ende nicht, eher um meinen Kontostand, wieder einmal, denke ich, geht es ums Geld, und da fällt mir auch Torsten wieder ein, natürlich fällt mir Torsten in dem Moment wieder ein, als ich einen dieser Whiskeys in die Hand nehme und vorgebe, das Etikett zu lesen, in Wirklichkeit aber nur versuche, meine einigermaßen prekäre finanzielle Situation zu verdrängen.

Ganz klappt das nicht. Aber weil ich mir gegenüber selten um Argumente verlegen bin, weil ich schließlich in den 32 Jahren, die ich bisher mit mir verbracht habe, ganz gut gelernt habe, mich selbst zu überzeugen, weiß ich plötzlich, dass ich den Whisky nicht kaufen sollte, weil ich ja weiß, wie das endet mit mir und dem Whiskey.

Torsten, denke ich. Und weil mir irgendetwas das Gefühl gibt, dass er mich heute erreichen wollte, weil ich heute aber überhaupt keine Lust habe, ihn zu erreichen denke ich wieder an gestern Abend. An die Volksbühne. Ich konzentriere mich darauf, mich daran zu erinnern, wie sich die Blicke der anderen auf meinem Körper anfühlten. Versuche mich auch körperlich daran zu erinnern, dass sie mich gestern Abend hassten, wenigstens für einen Moment. Ich führe mir die Schauspielerinnen wieder vor, sehe, wie sie kurz im Text hingen. Wie sie kurz aus ihrer Rolle fielen. Wie sie aber gleich wieder weiterspielten. Weil man immer weitermachen muss auf der Bühne.

Ich stelle mir vor, dass gestern Abend jemand gerufen hat: *Geh nach Hause!*

Aber niemand hat irgendwas gerufen, gestern. Niemand beschäftigte sich mit mir. Mein Ausfall blieb eine kleine Attraktion am Rande. Ein Intermezzo, das schon vergessen war, bevor meine Aggression richtig verhallt war.

Niemand hasste mich in diesem Theater. Und das einzige, was akustisch passierte, während die Schauspieler erschrocken in meine Richtung schauten und während ich mich nach draußen zu drängen versuchte: Ein Mann in den hintersten Reihen klatschte. Vielleicht zehn Sekunden lang klatschte dieser Mann. Und dieses Klatschen eines Einzelnen, das in dem riesigen Saal in der Luft hing, war mir beinahe noch peinlicher als die Blicke der Menschen. Ihre Blicke, die sie schon nicht mehr auf mich sondern wieder auf die Bühne und die zwei Schauspielerinnen gerichtet hatten.

Immer noch im Untergeschoss von Karstadt stehe ich an einem kleinen Tisch neben der Kasse und packe die paar Sachen, die ich gekauft habe, in eine Plastiktüte. Ich sehe mich um, ich erinnere mich, in welche Richtung ich gehen muss, um wieder an die Oberfläche des Hermannplatzes zu gelangen, und ich frage mich, ob ich vielleicht dabei bin, den Verstand zu verlieren. Während ich auf den Ausgang zugehe, frage ich mich, ob Berlin wirklich gut für mich ist. Ich frage mich, was ich denn gestern erreichen wollte, im Theater. Ich frage mich, warum ich mich gestern nach dieser Wut sehnte, von der ich gerne gehabt hätte, dass sie in meinem Rücken hängt, die Wut des Publikums, die ich gerne hinter mir gehabt hätte, als ich den Saal verlassen habe, die ich aber nicht hinter mir hatte, weil ich und weil auch mein Benehmen dem Publikum mehr oder weniger egal war.

Ich erinnere mich, dass ich froh war, als ich endlich an der hellbraunen spiegelblanken Türe angekommen war, dass ich froh war, endlich draußen zu sein, den großen Saal verlassen zu haben, und ich erinnere mich daran, dass ich mir wünschte, wenigstens die junge Frau an der Garderobe würde mich verächtlich ansehen. Obwohl ich wusste, dass sie keine Ahnung von dem haben konnte, was ich gerade im Theater gerufen hatte, obwohl ich wusste, dass ihr Lächeln nichts damit zu tun hatte, sehe ich es noch vor mir, dieses freundlich herablassende Lächeln. Und ich fühle, was ich schon gestern gefühlt habe, als ich mir meine Jacke von der Garderobe holte, als mir die junge Frau meine Jacke gab, ich fühle dieses Lächeln, das gegen mich gerichtet ist, dass nicht die junge Frau gegen mich richtet, sondern das ich gegen mich richte, obwohl es nichts mit mir zu tun hat, dieses Lächeln, obwohl es nur das neutrale Lächeln einer jungen Frau war, die mir meine Jacke aushändigte und die sich sonst ganz offensichtlich nicht für mich interessierte.

Ich sehe mich, wie ich mir die Jacke umwerfe und in Richtung Ausgang gehe. Wie ich froh sein werde, wieder vor der Türe des Theaters zu stehen. Wie ich froh sein werde, die Treppen zur U-Bahn unter meinen Füßen zu spüren. Die Kälte und die feuchte Luft, die Berlin schon den ganzen Tag über beherrscht.

Ich sehe mich im Foyer und ich sehe diesen vielleicht 50-jährigen Mann, der auf mich zukommt.

Ich sehe, dass er etwas vor mir will. Und ich erinnere mich an sein freundliches Gesicht, mit dem er auf mich zugeht. Ich erkenne ihn. Nein, ich erkenne ihn nicht, es ist nicht der Klatscher aus den hinteren Reihen, und trotzdem habe ich das Gefühl, diesen Mann zu kennen, der mich mit einer ebenso ungezwungenen wie undeutlichen Handgeste aufzuhalten versucht.

Ich bleibe stehen und warte, was passiert. Ich warte, bis er mich erreicht, dieser Mann. Und je näher er kommt, umso vertrauter wird er mir. Nein, nicht vertrauter, nur erkennbarer wird er. Und obwohl ich jetzt noch nicht weiß, wer er ist, bin ich überzeugt, dass er etwas mit diesem Theater hier zu tun hat. Dass er mehr mit diesem Theater zu tun hat als die meisten anderen da drinnen. Vielleicht als alle anderen da drinnen.

Kurz schießt mir die Angst in den Kopf, zuckt durch meine Arme und mich schwindelt einen Moment lang, weil ich fürchte, das könnte der von meinem Ausfall beleidigte Regisseur sein. Aber das Gesicht des Mannes passt nicht in mein Bild. Dieser Mann, denke ich, ist nicht der Regisseur, vielleicht ist er der Regieassistent, aber dafür ist er zu alt. Ich möchte wissen, wer das ist, der da schon angefangen hat, mit mir zu sprechen. Ich möchte wissen, warum er glaubt, dass es gut war, aufzustehen und meine Meinung zu sagen. Ich möchte wissen, warum er sich dafür interessiert, was mich, wie er es nennt, mit dem Theater verbindet, und ich möchte wissen, warum ich tatsächlich mit ihm darüber spreche. Warum ich ihm ernsthaft erkläre, was ich vom Theater erwarte. Ich möchte wissen, warum ich gestern dabei das Gefühl hatte, dieses Gespräch könnte mich erden, könnte mich aus meiner schon unwirklich gewordenen Einsamkeit zurück in die Welt bringen. Ich möchte wissen, warum wir uns im Foyer eine halbe Stunde lang unterhielten, bevor er gehen musste, bevor auch ich hinausging, auf den Rosa Luxemburg Platz, bevor ich tatsächlich die Treppen zur U-Bahn hinabstieg, in der feuchten Luft, in der Kälte, die gestern den ganzen Tag über Berlin hing und die auch heute wieder über Berlin hängt. Und ich möchte wissen, warum er mir am Ende seine Intendanten-Visitenkarte gab, warum er mich einlud, mich doch bei ihm zu melden.

Während ich mit der für meine paar Einkäufe viel zu groß geratenen Einkaufstüte in Richtung Julias Wohnung gehe, frage ich mich, ob ich diesem Theater-Direktor vielleicht etwas Wichtiges zu sagen haben könnte. Ich frage mich, wie ich seine Visitenkarte, die ich oben auf Julias Schreibtisch gelegt habe, nutzen soll.

Ich weiß, dass ich jetzt größer sein sollte, größer als ich nun einmal bin, dass ich größer sein müsste, um den Theater-Direktor zu beeindrucken, um die Türe zu nutzen, die sich mir da gerade öffnet, die sich aber gleich wieder schließen wird, weil ich eben nicht groß genug bin, weil ich nicht größer bin als ich.

13. November

11:46

Ich gehe durch Julias Wohnung. Renne schon mehr, als dass ich gehe. Suche meine Sachen zusammen. Die dreckigen Kleider neben ihrem Bett. Die Taschentücher, in die hinein ich gestern Abend und auch am Tag davor onaniert habe. Die ich benutzt habe, weil ich Julias Bett nicht besudeln wollte. Oder besser gesagt, weil ich ein schlechtes Gefühl dabei hatte, Spuren meiner Sexualität in ihrer Wohnung zu hinterlassen, in der, ich weiß nicht warum, aber ich habe das Gefühlt, dass es unverschämt von mir war, in Julias Wohnung zu onanieren, weil ich denke, dass nur sie hier das Recht auf Sexualität hat, denke ich. Und weiß, dass das nicht stimmt. Dass es aber gleichzeitig ganz nett von mir war, Taschentücher zu verwenden.

Ganz nett, denke ich, und merke, wie die Wut wieder erwacht, die mich dazu gebracht hat, morgens schon aus dem Bett zu springen und etwas unternehmen zu wollen. Ganz nett, ich will nicht mehr ganz nett sein.

Hinaus, dachte ich. Ich schlug die Augen auf und wusste plötzlich, dass es mich nicht weiterbringen würde, mich hier in Julias Wohnung zu verstecken.

Ich wollte hinaus und hinein nach Berlin, Julias Wohnungstür hinter mir zuziehen, ihren Schlüssel wie vereinbart durch den Briefschlitz nach innen in die Wohnung fallen lassen.

Und das will ich immer noch. Ich stecke meine Sachen in den Rucksack. Zurre den Reißverschluss zu und denke nach. Aber auch, wenn ich das wollte: Ich habe hier nichts mehr vergessen, nichts mehr verloren. Keiner meiner Gegenstände liegt mehr in Julias Wohnung herum.

Ich beschließe, noch eine letzte Zigarette zu rauchen. Lehne mich aus dem Fenster und lasse die halb gerauchte Zigarette in den Hof fallen. Sehe ihr dabei zu, wie sie die vier Stockwerke nach unten fällt, sich ihren Weg durch die Äste der kleinen Hofkiefer bahnt, wie sie am Ende auf dem Boden aufkommt und im feuchten Rasen verlischt.

Ich stehe an Julias Küchentisch. Lege fünfzig Euro auf ein Blatt Papier, auf das ich ein paar Zeilen für sie geschrieben habe. Lege den Geldschein hin, um nicht in Julias Schuld zu stehen.

Ich will hinaus, will jemanden kennenlernen. Eine Frau am liebsten, bei der ich übernachte, weil ich einen Platz zum Übernachten brauche. Oder auch einen Mann, egal. Hauptsache, es passiert etwas. Hauptsache, ich verkrieche mich nicht hier. Sondern erlebe endlich etwas, in Berlin, in dieser Hauptstadt der heruntergekommen Träume.

Ich taste in meiner Hosentasche nach meinem Autoschlüssel. Nach meiner Geldbörse. Und nach dem Ausweis, den ich in meiner irrationalen Ankommensangst aus dem Auto mit in Julias Wohnung genommen habe.

Ich werfe mir den Rucksack über und gehe zu Julias Türe. Ziehe sie zu, sperre ab und zögere nur einen kurzen Moment, bevor ich den Schlüsselbund durch den Briefschlitz nach innen fallen lasse.

Ich laufe durch die Stadt. Setzte mich in ein Café nach dem andern. Trinke Tee, trinke Wein, trinke Bier, trinke Wasser. Wasser und wieder Wasser, weil ich nicht besoffen werden will, weil ich nicht vor der Zeit schon besoffen werden will.

Ich tanze. Ich versuche, mich an jemanden heranzumachen. Renne aber nur von einem Café zum nächsten. Lasse einen Fünfer nach dem nächsten am Tresen oder bei der Bedienung. Quatsche mit ein paar Leuten. Lalle schon mehr, als dass ich spreche. Und finde mich doch immer nur wieder draußen, vor einer der Bars hier in Neukölln. Auf einer der Straßen und werde immer wütender, weil es mir nicht gelingt, weil ich hier niemanden so ganz auf meine Seite ziehen kann. Schon gar nicht mehr in meinem Zustand. Und dabei ist es doch erst halb elf. Dabei hat die Nacht doch erst begonnen, denke ich, während ich mich gegen die Enttäuschung sträube, die durch den Alkoholdunst zu mir durchzudringen versucht.

Ficken, denke ich. Ficken. Ficken. Ficken. Und kann mich beinahe nicht bremsen. Beginne, durch die Straßen zu laufen, immer schneller durch die Straßen zu laufen. Und versuche mich zu erinnern, wo denn mein Auto stand, in das ich mich flüchten könnte, wenn ich mich schon nicht in das Bett irgendeines Fremden, in das Bett eines der zu Hunderten durch die Nacht treibenden jungen Mädchen oder einer jungen Frau, von mir aus auch einer nicht mehr so jungen Frau flüchten kann.

Ich versuche mir die Straßennamen zu merken, die Wege, die ich auf der Suche nach meinem Auto gehe. Und doch zieht es mich immer wieder in die Bars. Versuche ich immer wieder, in den paar Minuten, die ich inzwischen in den einzelnen Bars verbringe, zu begreifen, ob es hier, in dieser oder ganz egal, auch in der nächsten Bar jemanden gibt, der

auf mich wartet. Nein, warten ist kaputt, denke ich. Und erinnere mich an mein letztes Gespräch, ich weiß schon gar nicht mehr wo, aber ich erinnere mich an einen Satz, der mir mehr über die Lippen kam, als dass ich ihn hätte sagen wollen: *Alles, was ich will, ist doch bloß ein bisschen ficken.*
Und ich erinnere mich auch an die Antwort dieser Blonden, deren Namen ich schon vergessen habe oder den sie mir vielleicht gar nicht gesagt hat: *Du bist doch auch nur einer dieser kaputten Scheißtypen.*
Und es macht mich noch wütender, dass sie nicht gesehen hat, dass ich gar nicht kaputt bin, das ich verzweifelt bin, aber nicht kaputt. Es macht mich wütend, dass sie mir nicht einfach durchs Haar strich und mir sagte: wird schon alles gut. Dass sie mich hinter meiner Aggression nicht mehr gesehen hat. Hinter meiner Direktheit nicht meine Unsicherheit. Denke ich. Und beschließe, mich weiter zu betrinken. Egal, was passiert. Egal, wie ausfällig ich noch werden sollte. Und egal, wie oft ich mir sagen lassen muss, dass ich kaputt bin.

Ich will tanzen. Sehe mich um. Und versuche, die nächste Bar oder wenigstens eine Kneipe, oder was auch immer ausfindig zu machen. Und zweifle plötzlich an meinem Verstand. Weiß wirklich nicht mehr, ob ich sehe, was ich da sehe: FICKEN 3000 steht da. Über einem Club. Und noch bevor ich mir selbst was anderes vormachen kann, stehe ich schon vor der Türe des FICKEN 3000. Ziehe an der Klinke. Aber es hat zu, das scheiß FICKEN 3000 hat zu.
Ich trete gegen den Sockel der Türe. Die Glasscheibe zittert, die matte Scheibe, die ich gerne eintreten würde. Schon wegen des Schilds, das auf ihr angebracht ist: Hier eröffnet in Kürze das neue Ficken 3000.

14. November

14:30
Der Nebel umhüllt mein Auto und mich beinahe vollständig. Aber ich kann durch die vielen kleinen Tropfen, die da in der Luft hängen, sehen, wie die Sonne sich Mühe gibt, durch sie bis zu mir durch zu dringen.

Ich habe keine Lust, mich aus dem unbequemen Autositz nach draußen zu zwingen. Hinaus in die kalte und feuchte Luft. Hinaus in den Tag, der mich eigentlich gar nicht interessiert, von dem ich lieber hätte, dass er gar nicht erst begonnen hätte, der nun aber schon seit Stunden über mir hängt, seit ich betrunken aus Berlin losgefahren bin.

Ich weiß nicht genau, so zwischen eins und zwei in der Nacht habe ich mich in mein Auto gesetzt. Wollte zuerst eigentlich schlafen. Konnte aber nicht schlafen, weil die Enttäuschung über meinen verfehlten Gesellschaftsversuch mich nicht losließ.

Ich habe die Heizung angemacht. Es wurde langsam warm im Auto. Und irgendwann habe ich dann beschlossen, den Schlüssel einfach umzudrehen. Das Auto zu starten und mich auf den Weg zu machen, auch wenn ich betrunken war und auch wenn ich nicht die geringste Ahnung hatte, wohin ich eigentlich wollte.

In Gent habe ich mich dann verfranst. Obwohl ich inzwischen wieder halb nüchtern geworden war, nahm ich die falsche Autobahn. Statt umzukehren fuhr ich einfach weiter. Aus bloßer Sturheit oder Übermüdung, ich weiß nicht, warum ich aus meinem Fehler einen Vorteil machen wollte, eine Abkürzung über Land finden wollte, um, wenn schon nicht schneller zu sein, wenigstens ein paar Kilometer zu sparen.

Bei Diksmuide, so heißt das hier wohl, gab ich dann auf. Nachdem ich noch dreimal versucht hatte, den inzwischen kürzesten oder wenigstens wieder einen richtigen Weg zu finden, blieb ich in Diskmuide endgültig lustlos, müde und entnervt stehen.

Langsam und leise fuhr ich an einen kleinen Fluss heran, an die Jizer. Oder den Jizer, keine Ahnung.

Flandern, denke ich. Das ist jetzt also Westflandern. Und ich kann nicht anders, als bei dem Wort an den Krieg zu denken. An den großen Krieg, wie ihn die Franzosen nennen. Wie sie ihn immer noch nennen, als habe es den Zweiten Weltkrieg nie gegeben. Als ob nicht der zweite der große Krieg gewesen wäre, denke ich. Aber natürlich nicht für Frankreich, das im ersten Weltkrieg weit mehr Soldaten in den Tod geschickt hat. Oder verloren hat, wie man das nennt, um die Schuld aus der Sache herauszuhalten. Die Schuld, von der ich gar nicht denken kann, wie ich sie bewerten soll. Weil ich mir schon nicht vorstellen kann, eine Handvoll Menschen „zu verlieren". Und schon gar nicht kann ich mir vorstellen, so viele Menschen zu „verlieren", dass ich mit dem Zählen gar nicht mehr hinterherkomme.

Ich spüre, wie es mich von diesem Ort wegzieht. Ich stelle mir die Geschütze vor, in dieser weiten Landschaft. Die Gräben, in die sich Soldaten fressen, in denen sie sich ducken, unsichtbare Zielscheiben für immer neue Geschosse, die über die Felder pfeifen, um dann zufällig wie Regen vom Himmel zu fallen, manchmal weit genug weg, um keine Gefahr zu sein, und dann wieder so nah, dass einem die Ohren platzen und das Herz zum Hals heraus schlägt, weil das nächste

Geschoss schon im eigenen Kopf landen könnte, weil man nichts hat, an das man sich halten kann, außer dem eigenen Schicksal, außer der eigenen Verlorenheit in einem sinnlosen Graben, der einen gleichzeitig schützt und auffrisst. Ich will nicht hier bleiben, denke ich. Nicht länger als notwendig. Und ich klettere die schmale Böschung hinunter zur Jizer. Oder zum Jizer, wie auch immer. Ich wasche mir das Gesicht. Werfe mir ein wenig Wasser in den Nacken. Und trockne mich mit einem noch halbwegs sauberen T-Shirt ab, das ich aus dem Schmutzwäschebeutel in meinem Rucksack gezogen habe.

Es ist kalt hier. Und feucht. Feuchter als in Berlin. Vielleicht aber weniger kalt.

Zehn Kilometer, vielleicht fünfzehn sind es bis zur Autobahn. Dann noch einmal hundert nach Calais, denke ich, während es in meinem Auto langsam warm wird. In Calais werde ich anhalten und erst einmal essen. Essen und entscheiden, was ich mit mir anfangen soll. Entscheiden, ob ich tatsächlich nach England fahre oder bloß ein paar Tage hier am Meer verbringen werde.

15:09

Calais. Ich stehe neben dem Auto in Calais, inzwischen wieder neben meinem Auto, in das ich mich aus der tristen Atmosphäre flüchte, die hier an der Anlegestelle der Fähre um sich greift.

Das nächste Schiff nach England geht in einer halben Stunde. Und auch wenn ich gerne auf der Fähre entspannen würde, gerne ein Stündchen schlafen würde, kann ich mich nicht entscheiden, ob ich sie nehmen soll.

Oder ob ich hier bleiben und in eines der Cafés gehen soll. Noch etwas trinken. Ob ich weiterhin versuchen soll, mich hier festzuhalten, mich mit alltäglichen Kleinigkeiten, die ins Nichts laufen, zu beschäftigen.

16:30

Ich habe mir sogar ein Hotelzimmer zeigen lassen, mit meinem Rucksack schon in der Hand. Und ich weiß nicht genau, was mich in diesem Zimmer dann doch davon abhielt, zu bleiben. Bestimmt nicht meine Müdigkeit, die meine Beine hat schwer werden lassen, die sich mir mit jedem Augenaufschlag in Erinnerung ruft.

Vielleicht war es das Zimmer. Und das komisch eingerichtete Hotel, durch das mich eine junge, freundliche Frau führte, nachdem ich ihr in meinem fürchterlichen Französisch fünf Minuten lang zu erklären versucht hatte, dass ich ein Zimmer sehen wollte, um zu entscheiden, ob ich es nehme. Oder vielleicht auch, denke ich, um wieder eine halbe Stunde hinter mich zu bringen. Um Gesellschaft zu haben und mich davon abzuhalten, doch nach England einzuschiffen.

17:15

Die Möwen kreischen. Oder wenigstens die Vögel, die ich für Möwen halte.

Ich stehe an Deck. Die Sonne kommt zwischen den Wolken hervor. Als ob sie mich davon überzeugen wollte, dass ich die richtige Entscheidung getroffen habe, scheinen mir ihre warmen Strahlen ins Gesicht, während die Fähre ablegt.

Links, denke ich. Immer wieder denke ich: links. Und ich
frage mich, wie die Verkehrsregeln hier aussehen könnten.
Ich reime mir zusammen, was ich für sinnvoll halte. Fahre
dann aber doch immer wieder rechts. Auf der Überholspur.
Ziehe gemächlich an LKWs vorbei. Und bemühe mich, nicht
wesentlich schneller zu sein als die Autos vor mir. Nicht wesentlich langsamer als die hinter mir.
Bei Maidstone fahre ich von der Autobahn ab. Ich möchte
herausfinden, wie man hier abseits der großen Straßen fährt.
Ich habe Angst davor, so müde nach London hineinzufah-
ren, in diese riesige Stadt zu fahren ohne die Regeln wirklich verstanden zu haben. Ohne zu wissen, worauf ich mich
da einlasse.

Es beschämt mich und gleichzeitig tut es mir gut, dass ich
nur ans Autofahren denken kann. Dass ich daran denken
muss, wenn ich nicht einschlafen und halb mutwillig im
Graben oder in einem anderen Fahrzeug landen will.
Es beruhigt mich, dass ich beschäftigt bin. Dass ich mir nicht
ständig das eine Thema vor die Nase halten muss. Dass ich
nicht ständig an Laura denken muss. An Laura und Brad,
die in London sind. Sich keine zwei Stunden entfernt irgendwo in der großen Stadt unterhalten. Sich treffen. Sich
amüsieren. Und die dabei keine Ahnung haben, wie nah
ich ihnen schon gekommen bin. Wie nah ich räumlich bin.
Denn innerlich bin ich auch jetzt noch genau so weit weg
von Laura und Brad, wie ich es in der Eifel war. Und ich bin
mir unsicher, ob es ein guter Tausch war, meine gewohn-
te Umgebung gegen diese Stadt hier, gegen Maidstone zu
tauschen. Gegen einen Ort, mit dem mich nichts verbindet
und in dem ich mich kaum ablenken können werde.

Maidstone wirft mich auf mich selbst zurück. Die Menschen hier haben noch weniger mit mir gemeinsam als zu Hause, denke ich. Und die Häuser erzählen mir keine Geschichten. Die Parks und Gärten sind mir egal. Mit den Statuen und Kirchen kann ich nichts anfangen. Ein Pub ist hier für mich genauso gut wie jeder andere.

Die Welt, denke ich, schrumpft für mich hier auf ihre Basisfunktionen zusammen. Ein Hotel ist ein Hotel. Ein Pub ein Pub. Und nichts darüber hinaus. Ich habe keine Geschichte hier, die ich mit den Dingen und Menschen verbinden könnte. Es bin bloß ich, den ich hier habe. Und mein Auto vielleicht. Mein Auto, in dem ein paar persönliche Gegenstände herumliegen. In dem ich ein kleines bisschen von meinem Leben mit hierher gebracht habe.

Weil es mir egal ist, wo ich lande, halte ich vor einem kleinen Hotel. Es ist nicht das erstbeste. Es ist nicht das billigste oder schönste, sympathischste. Es ist in keinem Sinn speziell, dieses Hotel, vor dem ich gerade einparke. Durch dessen Eingangstüre ich mich quäle. Es ist einfach ein Hotel. Ein Platz, an dem ich schlafen werde. An dem ich morgen aufwachen und von dem aus ich weiterfahren werde. Weiter nach London, näher hin zu Laura und Brad.

Ich sitze in einem kleinen Zimmer, das mir der Rezeptionist empfohlen hat. Mit seinen schon licht gewordenen Haaren hat er mir in simplen, meinem eingerosteten Englisch entgegenkommenden Sätzen erklärt, dass es erstens das billigste und zweitens auch ein schönes Zimmer sei, das er mir da anbietet.

Was man eben so schön nennt, denke ich. Ein zehn Quadratmeter großes Loch mit einer kleinen Kammer, die zur

Dusche umfunktioniert wurde. In der man sich kaum umdrehen kann.

Ein schwammig weiches Bett steht an der Innenwand des Zimmers. Nach draußen gibt es ein Fenster. Ein schönes Fenster, denke ich. Mit schönen Griffen und einem penibel gestrichenen weißen Fensterrahmen.

Draußen höre ich Menschen. Fetzen von Konversationen dringen herein zu mir. Ein Hund bellt und ich höre junge Mädchen lachen.

Dieses Lachen greift mich an. Nein, es rührt mich an. Macht mich weich und öffnet meinem Schmerz die Türe.

Ich denke an Laura. Ich denke daran, wie wir gemeinsam auf unserer Terrasse sitzen, wie sie mir sagt, dass sie *die Männer noch nicht genug studiert hat*. Ich spüre die Angst, die mich dabei überfällt. Und ich weiß nicht, worin sie besteht, diese Angst. Ob es bloß mein Stolz ist, den ich nicht verletzt haben will. Ob mich ihr Wunsch, auch anderen Männern nahe zu kommen, einfach nur in meiner eigenen Bedeutung herabsetzt. Meinen Sinn schmälert, den ich mir statt durch mich durch Laura gebe. Abhängig von ihr. Abhängig davon, dass sie mich wahrnimmt. Dass sie in meiner Nähe ist.

Es ist nicht meine ganze Person, denke ich, die wegbricht, wenn Laura wegbricht. Aber es ist der Teil, den ich mag. Weil er gemocht wird, vielleicht. Weil er vielleicht noch gemocht wird, denke ich. Weil Laura mich vielleicht doch noch mag.

Ich denke daran, wie ich bisher immer entschlossen habe, mit meinen Beziehungen radikal abzuschließen. Ich habe verschiedene Ex-Freundinnen vielleicht zehn Mal wiedergesehen. Alle zusammen vielleicht zehn Mal. Und ich weiß instinktiv, dass ich dieses Verhalten zwar brechen sollte, dass es aber auch mit Laura so laufen wird. Dass ich auch sie kaum wiedersehen werde, wenn sie weggeht. Oder wenn ich gehe.

Wie eine Wand baut sich die Hoffnungslosigkeit vor mir auf. Ich kann nicht weiter sehen als bis zu dieser Wand. Ich kann nicht sehen, was hinter ihr sein könnte. Ich kann mir nicht vorstellen, dass hinter der Hoffnungslosigkeit, die mich überfällt, irgendwo noch Glück versteckt sein könnte. Ich kann mir nicht vorstellen, wie mein Leben weitergeht, wenn es mit Laura nicht mehr weitergeht.
Ich weiß aber, dass es weitergehen wird. Ich weiß, dass ich mich an mir festhalten werde. Dass ich weitergehen werde, auch wenn ich nicht mehr weiß, wohin. Ich weiß, dass es im Gehen besser werden wird. Dass ich wieder irgendwo ankommen werde.

Ich fühle mich todmüde und elend. Aber bevor ich hier schlafen werde, muss ich noch etwas essen. Auch wenn ich nicht im mindesten Hunger habe, werde ich etwas essen. Vielleicht wird es dann besser, denke ich. Vielleicht wird mich ein wenig Gesellschaft, vielleicht werden mich die Menschen hier, unter die ich mich mischen kann, zwischen denen ich mich verstecken kann, ablenken.
Ich gehe die schmale Treppe hinunter, die direkt an meinem Zimmer vorbei ins Erdgeschoß führt. Ein gutes Zimmer, denke ich und lächle. Weil der Mann an der Rezeption mir gesagt hat, es ist ein gutes Zimmer, dieses kleine, schäbige Zimmer direkt neben der Treppe. In dem man alle vorbeigehen hört. In dem ich niemanden vorbeigehen hören werde, weil ich nicht da sein werde, denke ich. Weil ich draußen sein werde, die Leute beobachten werde und weil ich Bier trinken werde.

15. November

09:13

Ich weiß nicht, wer das ist. Wer diese junge Frau ist, die da neben mir liegt. Wobei neben mir beinahe gar nicht mehr stimmt, so weit weg hat sie sich in der Nacht gerollt, auf die andere Seite des überbreiten Bettes, bis an die äußerste Kante hat sie sich davongemacht, an der auch ich liege, auf meiner Seite, auf meiner Kante, an der ich aufwache, weil auch ich mich in der Nacht vereinzelt habe. Langsam habe ich mich immer weiter von ihr weggedreht. Immer mehr zu mir zurückgezogen.

Meine Decke habe ich über mich gezogen wie ein zusätzliches Distanzbedürfnis. Wie ein weiches, warmes Schutzschild, das mich vor dem Menschen neben mir bewahren kann. Ein Kokon, der mich unantastbar macht. Den ich aber nur kurz wegzuschieben brauche, um wieder zugänglich zu sein. Um wieder mit der Welt Kontakt aufnehmen zu können.

Jane, erinnere ich mich. Sie heißt Jane. Und weil ich es nicht wage, aufzustehen, weil ich sie nicht wecken will, nicht bevor ich selbst wieder in der Welt angekommen bin, nicht bevor ich mich selbst wieder in mir zurechtgefunden habe, schaue ich ihr ein wenig beim Schlafen zu. Sie hat sich ihre Decke bloß noch halb über die Beine und den Hintern geschlagen. Ihr weißes Shirt gefällt mir. Ihr schlanker Rücken, den sie mir am Bauch liegend zudreht. Oder mit dem sie sich von mir abwendet, denke ich, wie auch ich mich von ihr abgewendet habe, wie auch ich mich vor ihr geschützt habe.

Aber warum sollte sie sich abwenden, geht es mir durch den Kopf, warum sollte sich die zierliche, sympathische Jane vereinzeln, wo sie sich doch ihre Türen in die Welt so wunderbar offen halten kann. Wo sie die anderen gestern Abend doch einen nach dem anderen, eine nach der anderen mit ihrem aufrichtigen Lächeln für sich gewonnen hat. Wenn das denn überhaupt nötig war. Wenn man Jane nicht ohnehin, einfach weil man sieht, dass es Jane ist, gern haben muss.

Ich frage mich, ob ich mich ein wenig in sie verschossen haben könnte. Aber ich fühle nichts. In mir regt sich kein Nähebedürfnis. Ich will nicht geküsst werden. Ich will nicht küssen. Oder bloß umarmt werden.

Trotzdem ist es mir angenehm, dass Jane neben mir liegt. Dass sie gerade so weit weg von mir liegt, um mich noch zu erreichen, um mir dabei nicht zu nahe zu kommen.

Ich spüre, dass ich noch meine Hose anhabe. Noch eine Haut mehr, denke ich. Und ich habe das Bedürfnis, aufzustehen, weil meine verschwitzten Beine am Stoff festkleben. Weil ich bemerke, dass meine Zunge von den gestrigen Bieren am Gaumen festklebt. Von dem englischen Bier, das ich schön manierlich und ohne ausfällig oder anzüglich zu werden, trank. Während ich mich, so gut ich das zu Wege brachte, unterhielt. Über dieselben Alltäglichkeiten, über die ich mich auch mit den wenigen Menschen, zu denen ich so etwas wie eine Beziehung aufzubauen geschafft habe, unterhalte. Die Leute hier, denke ich, treibt dieselbe Angst um, die auch meine Freunde umtreibt. Die gleiche Angst, die auch mich umtreibt: Wir merken alle, wie klein wir sind. Von Jahr zu Jahr stellen wir immer deutlicher fest, dass wir zu klein sind fürs Leben. Dass wir immer kleiner werden und dass wir die großen Ziele, die wir uns als Kinder, die wir uns in unserer Jugend und während wir noch 25 waren, gesteckt haben, nicht erreichen werden.

Von Jahr zu Jahr wird das deprimierender. Und irgendwann, denke ich, sollte man vielleicht einfach aufgeben. Sollte man nicht mehr versuchen, größer als das Leben werden zu wollen. Sollte ich mich darauf konzentrieren, meinen Haushalt in Ordnung zu halten. Mein Leben anständig hinter mich zu bringen. In der Würde, die meiner an den eigenen Anforderungen gescheiterten Existenz noch bleibt.

Ich habe das Bedürfnis, aufzustehen. Ich würde gerne duschen. Die Küche in Janes Appartement suchen. Mir einen Kaffee machen. Vielleicht auch Jane einen Kaffee machen, ihn ihr ans Bett bringen und eine halbe Stunde lang so tun, als würden wir zusammengehören.
Ich habe das Bedürfnis, mich ein wenig um Jane zu kümmern. Freundlich zu ihr zu sein. Mich damit dafür zu bedanken, dass sie mich gestern Abend aus meiner Isolation herausgeholt und mit in ihren Freundeskreis genommen hat.
Ich denke an den gestrigen Abend und den Pub, in den ich mich vor meiner Verlorenheit flüchten wollte und in dem ich mir doch nur umso verlorener vorkam, weil ich den anderen dabei zusah, wie sie sich unterhielten, weil ich ihnen dabei zusah, dass sie sahen, wie ich mich nicht unterhielt, wie ich müde und alleine da saß, alleine mit meinem Abendessen beschäftigt, alleine mit einer nutzlosen Zeitung voller Nachrichten, die mich nichts angingen, weil sie mein Leben ja doch nicht betreffen konnten, weil sie nichts mit mir und nichts damit zu tun hatten, dass ich mich wieder einmal alleine in einer Stadt wiederfand. Oder auch nur in einer Gegend. Das hier ist mehr eine Gegend als eine Stadt, denke ich und weiß, dass diese Tatsache nichts daran ändert, dass ich mich doch einsam fühle. Dass ich in der Fremde tatsächlich verloren bin. Und dass ich nicht, wie alle

anderen, wie Laura, wie Brad, denke ich, auf Reisen Menschen kennenlerne, mich unterwegs erweitere. Im Gegenteil, ich enge mich immer weiter ein, denke ich. Sogar wenn ich unterwegs bin und aus meiner Eifelisolation flüchten will, stürze ich mich nur tiefer in meine Isolation hinein, wenn ich zum Beispiel in Köln durch belebte Straßen gehe, am Freitagabend an hunderten Menschen und zig Lokalen vorbei, auf dem Weg zu irgendeinem Club, in dem ich an der Bar sitzen werde, in dem ich nicht viel mehr als die drei, vier Sätze sprechen werde, mit denen ich meine Getränke bestelle, und in dem ich mich auf die Tanzfläche stelle, spät in der Nacht dann, um den Menschen um mich herum doch noch einen Schritt näher kommen zu können, um ihre Körper zu riechen, manchmal mit einem dieser Körper zusammenzustoßen und um zu versuchen, gemeinsam mit ihnen zu tanzen, mich ungezwungen in ihrer Gesellschaft aufzuhalten und so zu tun, als ob uns etwas verbinden würde, das über den Zufall hinausgeht, dass wir am gleichen Ort sind, dass wir zur gleichen Musik tanzen.

Ich frage mich, was Laura gerade macht. Ob sie auch noch im Bett liegt, ob sie ihre Decke über sich gezogen hat oder ob sie, nein. Ich frage mich nicht, ob sie mit Brad unter einer Decke liegt. Ich frage mich nicht, was sie in der vergangen Nacht getan hat. Ich stelle mir nicht vor, wie sie neben Brad liegt, wie sie ihm oder wie er ihr das Frühstück ans Bett bringt. Ich will nicht sehen, wie sie ihren Schlafgeruch langsam zu Brad hindreht, wie sie langsam aufwacht und Brad neben ihr liegen sieht.
Die Gefühllosigkeit hat sich aufgelöst und meiner Eifersucht Platz gemacht. Ich bin eifersüchtig auf Brad, denke ich, während ich neben Jane im Bett liege, tatsächlich neben ihr liege,

habe ich Angst davor, dass Laura neben Brad liegen könnte, habe ich Angst vor der bloßen Möglichkeit, dass die beiden die Nacht gemeinsam verbracht haben und gleichzeitig weiß ich, wie wenig das zu sagen haben könnte. Weil es auch wenig zu sagen hat, dass ich neben Jane liege, die mir sympathisch ist, die ich mag, zugegeben, aber neben der ich nur liege, um etwas Gesellschaft zu haben, nicht um sie zu lieben, wie man sagt, nicht um zärtlich zu sein oder um Laura zu ersetzen.

Es ist bloß ein Gefühl der Sympathie, das mich hierher gebracht hat, denke ich. Und ich glaube, dass das auch bei Jane so ist. Dass sie mich mag. Mehr aber nicht. Dass wir uns nicht näher kommen als bis zu dem Punkt, an dem wir schon sind: Wir haben in einem Bett geschlafen. Uns dabei nicht berührt. Uns dabei ein wenig angerührt, innerlich. Aber nicht körperlich.

Wir wollen nichts voneinander, wie man so sagt. Wir wollen nicht intim werden. Nicht intimer, als wir es sind, nebeneinander und doch in sicherem Abstand voreinander im Bett liegend, sie noch schlafend und ich wach, wieder einmal allein mit mir beschäftigt.

Ich sitze wieder in dem kleinen Pub, in dem mit dunklem Eichenholz und sagenhaft unbequemen Holstühlen bestückten Pub in Maidstone. Ich sehe das Glas mit dem hellen Bier vor mir. Ich sehe die vielleicht zwanzig Leute, die hier im Pub sitzen oder an der Bar stehen. Die sich unterhalten. Die mich nicht sehen, denke ich. Die mich zwar sehen, aber nichts mit mir anzufangen wissen, weil sie in mir bloß den Touristen sehen, der ich bin.

Ich erinnere mich an die Sperrstunde. An diese dämliche britische Sperrstunde. An die Glocke, die der Wirt geläutet

hat. An das zweite Bier, das die Kellnerin vor mich hingestellt hat. Und ich erinnere mich an die Gäste, die einer
nach dem anderen den Pub verlassen haben. Die heimwärts
gegangen sind. Ich weiß nicht, in welche Häuser. Ich weiß
nicht, in welche Leben.

Ich erinnere mich, dass ich tatsächlich der Letzte war, der
noch sitzen geblieben ist. Dass ich dann, nachdem mich
der Wirt schon ein paar Mal unfreundlich angesehen hatte
und so zum Gehen animieren wollte, aufstand. Ich erinnere
mich, dass ich auf die Toilette ging.

Das Licht im Pub war schon beinahe ausgelöscht, als ich
wieder von der Toilette zurückkam. Als ich mir meine Jacke
von der im Halbdunkel liegenden Sessellehne nahm und
überstreifte. Als ich zur Tür ging, in deren Nähe der Knei-
penwirt jetzt wieder freundlicher dreinsah. Jetzt, da ich offensichtlich verstanden hatte. Der Tourist, der sich vorher
einfach nicht in die örtlichen Begebenheiten fügen wollte.
Der nicht kapieren wollte, dass es Zeit ist zu gehen.

Ich erinnere mich an die Luft draußen. An die Luft, die, ob-
wohl man im Pub gar nicht rauchen durfte, erfrischend war.
Erfrischend und klar, so dass ich ein paar Sterne durch das
Licht der kleinen Stadt am Himmel sehen konnte.

Ich erinnere mich an den Geruch des Meeres, den ich mir
einbildete. Von dem ich glaubte, dass er die 20 oder 30 Kilometer, die Maidstone vom Meer entfernt liegt, überwinden
konnte.

Ich erinnere mich an einen Kindheitsausflug, denke daran,
dass wir als Kinder mit unseren Eltern ans Meer gefahren
sind. Daran, wie meine Mutter immer, wenn wir schon
nah am Meer waren, so nah, dass wir es gerade noch nicht
sehen, es aber schon riechen konnten, wie sie dann gesagt hat, immer den gleichen Satz: *Kinder, leckt euch über*

die Lippen. Das ist das Meer, das Salz in der Luft. Gleich sind wir da.

Dieses Meersalz, denke ich, das Eisengitter, Türschilder und Autos rosten lässt. Ich hatte das Gefühl, gestern, dass ich das Salz in der Luft auch mitten in Maidstone rieche, in der Nacht vor dem kleinen Pub.

Ich erinnere mich, dass Jane neben mir stand. Jane, die Kellnerin aus dem Pub. Ich erinnere mich an die Zigarette in ihrem Mund. Und an ihr nervöses rechtes Bein, an ihre Schuhspitze, die sie nervös oder aufgekratzt in den Kieselsteinweg vor dem Pub bohrte.

Sie wartet auf jemanden, dachte ich. Auf ihren Liebhaber vielleicht, der sie hier abholt und in ihr restliches Leben mitnimmt. Wie im Film stellte ich mir das vor: Die Kellnerin, die nach der Arbeit von ihrem Freund abgeholt wird.

Albern, denke ich jetzt. Und wie gestern wundere ich mich wieder darüber, wie die Bilder, die ich in tausenden Stunden Fernsehen in mich hineinprojiziert habe, wirken. Wie sie meine Wahrnehmung bestimmen. Wie sie meine Persönlichkeit prägen, meine Wünsche leiten und mir zu verstehen geben, was ich vom Leben und was ich von mir in diesem Leben zu halten habe.

Ich weiß es nicht mehr, aber wahrscheinlich habe ich sie angesehen, während ich das dachte. Gestern Abend vor dem Pub, als ich unschlüssig dastand, weil ich nicht wusste, wohin ich gehen sollte. Weil ich noch nicht in mein kleines, schäbiges Hotelzimmer zurückwollte.

Während ich darüber nachdachte, wie es gekommen sein mochte, dass ich mir selbst beigebracht habe, erfolgreich, schön und reich sein zu wollen, während ich über mein Scheitern nachdachte, weil ich nicht erfolgreich bin, weil ich nicht schön bin und auch nicht reich, weil alles an mir bloß genügt, weil ich gerade so schön bin, dass ich mich nicht beklagen kann, weil mein Geld gerade so weit reicht, dass ich mir keine übertrieben großen Existenzsorgen machen muss und weil mein Erfolg gerade so weit geht, dass ich nicht vollkommen verzweifle, nicht vollkommen entmutigt werde und mir meinen Platz in einer dunkeln Ecke hinter irgendeinem Bahnhof suche.

Ich erinnere mich, dass ich in meine Hosentasche griff und die Geldscheine spürte, die drei- oder vierhundert Pfund, die ich einfach ausgeben konnte, die in meinem Kopf keinen Unterschied mehr machten, jetzt, da ich in Maidstone war, weil es mir egal gewesen wäre, wenn sie weg wären, weil sie mich nur mehr finanziell interessierten, ohne dass ich dieses Interesse auch nur im Geringsten persönlich genommen hätte.

Ich erinnere mich an diesen Griff, den ich mir während meines Studiums angewöhnt habe, weil ich da von fünf oder sechs Euro am Tag lebte, mit einem Berg Schulden hinter mir, weil ich da ständig Angst hatte, das wenige Geld, das mir zur Verfügung stand, auch noch zu verlieren. Ich erinnere mich an diesen neurotisch automatisierten Griff, der mir auch jetzt noch manchmal ausrutscht und bei dem mich Jane wohl beobachtet haben musste, weil sie sich zu mir drehte, vor dem Pub, weil sie mich dabei anlächelte und weil ich unsicher wieder wegsah, gestern Abend. Weil ich nicht den Mut hatte, auf ihren Blick einzusteigen.

Sie schon. Jane hatte diesen Mut. Sie begann zu sprechen, sie erzählte mir, dass auch sie das macht. Dass auch sie ihre Geldscheine hinten in die Hosentasche steckt. Und dass sie sich nicht dagegen wehren kann, immer wieder überprüfen zu müssen, ob sie noch da sind.

Little everyday ticks, nannte sie das. Und erzählte mir, wie sie außerdem immer überprüfen muss, ob sie die Schlüssel in der Tasche hat, bevor sie ihre Wohnungstüre hinter sich schließt. Wie sie immer noch einmal nach der Kaffeemaschine und dem Herd sehen muss, bevor sie geht. Wie sie immer noch ein zweites Mal schauen muss, bevor sie über eine Kreuzung fährt. Wie sie sich im Zug manchmal nicht mehr sicher ist, ob sie im richtigen sitzt, ob sie nicht vom falschen Bahnsteig aus in eine falsche Richtung fährt.

Little everyday ticks, murmle ich vor mich hin. Und erinnere mich daran, wie schnell Jane es gestern Abend geschafft hat, mir sympathisch zu werden und wie sie mich später mit auf die kleine Privatparty nahm, auf der wir bis vier Uhr festhingen, von der wir dann gemeinsam nach Hause gingen, Jane und ich, zu ihr nach Hause. 15 Minuten durch menschenleere Straßen zu ihr, wo wir gemeinsam noch einen Wodka aus dem Eisschrank tranken und uns dann ganz artig ins Bett verzogen. Zu betrunken und müde, um uns weiter zu unterhalten. Und zu wenig betrunken, um uns doch noch gehen zu lassen.

Ich stehe auf und suche die Küche. Ich mache Kaffee. Für Jane und mich.
Ich nehme zwei Tassen und schleiche mich mit ihnen zurück in Janes Zimmer.

Jane sitzt in ihrem Bett und fährt sich durch ihre strähnigen, blonden Haare. Ihr Gesicht ist noch ganz zerknittert und obwohl ich zu weit weg von ihr stehe, habe ich das Gefühl, ihre Hautporen zu sehen, die sich zu einer Gänsehaut zusammenziehen, um Jane vor der Kälte im Zimmer zu schützen.
Sie freut sich über den Kaffee. Jane freut sich, dass ich mich kümmere, denke ich. Und während ich mich auf meine Seite

des Bettes setze, male ich mir aus, wie mein Leben mit Jane aussehen könnte.

Ich kann mir vorstellen, wie mein Leben ohne Laura aussehen könnte, denke ich. Ich kann mir vorstellen, dass es weitergeht. Auch wenn ich nicht weiß, warum.

Jane fragt mich, ob ich gut geschlafen habe. Fragt mich das gähnend und ein wenig verkatert. Und in ihrer Privatheit sieht sie dabei aus, als ob sie mich tatsächlich retten könnte. Als ob sie mich aus mir herausholen könnte. Aus mir und meinen Gedanken an Laura, die ich nicht loslassen kann, die es mir beinahe unmöglich machen, einen netten und ungezwungenen Satz in Janes Richtung zu sagen. Ich bringe es nicht fertig, die Konversation in Gang zu bringen, denke ich, und nicke nur. Nicke und bin eigentlich froh, dass auch Jane noch zu müde ist, um das Gespräch auch heute wieder zu übernehmen.

Ich denke nach und versuche, etwas zu finden, von dem ich ihr erzählen kann. Ich würde gerne irgendetwas Persönliches aus mir herauskramen, über das ich mit Jane reden kann. Wie sie gestern über ihre Ticks gesprochen hat, würde ich ihr jetzt gerne von mir erzählen. Wie sie mir gestern gleich etwas über sich verriet, würde ich jetzt gerne anfangen, über mich zu sprechen. Nicht über das Wetter, nicht über das Autofahren in England oder über die kleine Stadt, in der wir nebeneinander vor der Türe des Pubs standen. In der wir jetzt nebeneinander im Bett liegen.

Doch wieder alleine, denke ich. Ich bin doch wieder alleine. Und ich frage mich, warum mich Jane gestern angesprochen hat. Ich frage es mich und ich frage auch Jane:

Gestern, frage ich, *was habe ich dir denn gestern geboten, what did I offer you to make you so supporting?*

Hm? antwortet sie. *Man muss den anderen doch nicht immer etwas bieten. Du musst mir doch nichts bieten, nur damit ich mit dir sprechen will.*

Aber es muss doch so etwas wie einen Grund geben, sage ich. *Du nimmst doch nicht einfach so einen Fremden auf eine Party mit, du nimmst ihn doch nicht einfach so mit nach Hause, es sei denn, da ist irgendetwas, das dich an ihm interessiert. Irgendetwas, das dich, ich weiß auch nicht, anrührt.*

Willst du gerade herausfinden, ob ich dich liebe? fragt Jane lächelnd.

Ich verstehe nur nicht, warum ich dich angerührt habe. Warum du mich mit in dein Leben genommen hast.

Weil du isoliert warst. Vielleicht einfach nur, weil du isoliert warst. Und weil ja wirklich jeder sehen kann, dass du harmlos bist. Traurig, aber kein schlechter Mensch.

Das weißt du also? frage ich.

Definitiv.

Du weißt, dass ich kein schlechter Mensch bin?

Ich weiß, oder ich kann sehen, dass du das manchmal denkst, dass du dich schlecht fühlst, weil du mit der Welt nicht zurechtkommst. Weil du kein anständiges Leben führen kannst. Aber auf eine Weise tust du das trotzdem. Auf deine Weise machst du das ja doch.

Aber, will ich anfangen. Doch Jane unterbricht mich.

Ich weiß, dass du immer dazu neigst, ein anderer sein zu wollen. Jemand anderer, größerer. Der wichtiger ist als du. Das hast du mir gestern schon erzählt, dreimal hintereinander hast du mir erzählt, dass du dir nie genügen kannst. Aber das ist scheiße und das weißt du auch. Wo ist denn da der Sinn? Was macht es denn für einen Sinn, wenn man sich ständig wünscht, dass das Gras noch grüner wird. Was hat es für einen Sinn, wenn man sich die Welt immer noch schöner wünscht, als sie ohnehin schon ist. Oder wenn man sich schöner wünscht, als man schon ist?

Ich weiß, sage ich. *Und glaub mir, darüber hab ich schon tausend Mal nachgedacht. Aber mir das immer und immer wieder vorzusagen, macht einfach keinen Unterschied. Ich müsste schon glauben, wenigstens halbherzig glauben, was ich mir immer und immer wieder vorsage.*

Das solltest du, lächelt sie. Und fährt mir durchs Haar. Fährt mir mit ihren schlanken Fingern durchs Haar wie einem kleinen Jungen, den sie damit trösten will und den sie doch erst durch diesen Trost beinahe zum Weinen bringt.

Das solltest du, wiederholt sie. Lächelt dabei wieder. Und während ich die Augen schließe, um wieder ganz zu mir zurückzukommen, höre ich sie fragen: *Und was hältst du von Frühstück?*

16. November

Jane kommt mit, sie fährt mit mir nach London. Weil ich mich vor der großen Stadt fürchte, weil ich Angst davor habe, mich gänzlich zu verlieren, habe ich sie gefragt, ob sie mitkommen möchte.

Nein. So stimmt das nicht. Sie war es, Jane hat mich gefragt. Ich war nicht der, als der ich mich gerne darstellen würde: ein offener Mensch, der selbstsicher auf jemanden zugeht, der auf andere Frauen zugeht, die ihm gefallen und die er einfach fragt, ob sie mitkommen wollen. Ich wäre gerne dieser Mann. Dieses Alphatierchen.

Aber wie schon immer die Frauen auf mich zugekommen sind, weil ich es nicht gewagt habe, meinen Mund aufzumachen, weil ich immer schon mehr Angst vor ihrem Nein hatte als davor, mich davonzuschleichen, weil ich es immer schon besser fand, mir sagen zu können, diese Frauen hätten vielleicht mitkommen können, habe ich auch dieses Mal gewartet.

Und ich weiß nicht genau, warum Jane es dann tatsächlich getan hat. Ich weiß nicht, warum sie jetzt tatsächlich neben mir im Auto sitzt und mich durch diese zum Autofahren so ungeeignete Stadt dirigiert.

Aber ich mag es. Ich mag, dass Jane neben mir sitzt. Dass sie mich darauf aufmerksam macht, wie ich die Verkehrsregeln nicht einhalte. Dass sie mich in der Welt festhält, während ich an Häuserreihen, an Schienen und Lagerhallen vorbeifahre.

Bisher, denke ich, während ich mich, so gut mir das gelingt, auf Janes Anweisungen konzentriere, bisher hatte ich bloß eine Ahnung davon, dass London existiert. Ich wusste, dass Laura dort gelebt hat. Dass es dort Häuser gibt. Menschen. Autos und Straßen. Aber ich konnte mir kein Bild von dieser Stadt machen. Ich habe es nicht geschafft, mir den Ort vorzustellen, an dem Laura früher gelebt hat. An dem sie Brad geliebt hat. Und an dem sie auch jetzt wieder ist, wieder bei Brad.

Und auch ich bin hier. Versuche, mich daran zu erinnern, wie ich Laura geliebt habe, versuche, meine Liebe zu ihr aus der Erinnerung heraus wieder zu wecken. Oder den letzten Rest, der in mir noch von dieser Liebe geblieben ist, wiederzubeleben. Sie gegen die Angst zu verteidigen, die sich schon den ganzen Vormittag träge und schwer durch meinen Oberkörper wälzt.

Irgendwo hier geht auch Laura gerade durch die Straßen, denke ich. Irgendwo hier ist sie. Und ich sehe zu Jane hinüber. Ich sehe Jane dabei zu, wie sie ihre Nase in den Stadtplan steckt, den wir zusammen mit zwei Bechern Kaffee an einer Tankstelle gekauft haben.

Rosetti Road. Jane sagt, wir müssen in die Rosetti Road. Nicht, weil Laura da wohnt, sondern weil Tim da sein sollte. Janes Bruder Tim, bei dem wir schlafen können. Den Jane gestern angerufen hat und der uns gesagt hat, wir sollten erst heute kommen. Weil er noch Besuch hätte, sollten wir erst am nächsten Tag kommen.

Ich habe keine Idee, wo wir gerade sind. Ob diese Autobahn durch den Norden, Süden oder durch welchen Teil von London sie auch immer führt. Und ich habe keine Idee, wo ich hin soll. Abgesehen von dem Namen der Straße ist meine Karte von London blind. Abgesehen von den paar Touristenzielen, deren Bilder mir in Zeitungen oder im Fernsehen vorgeführt wurden, abgesehen von der einen Straße, in der

Laura wohnt, ist London für mich ein Netz von Wegen, die nirgendwohin führen.

Ich könnte mich hier nicht einmal verlieren, denke ich, weil ich nicht einmal weiß, wohin ich mich verlieren sollte, von welchem Ort aus ich verloren gehen könnte. Ich lese die Hinweisschilder. Ich lese Namen von Stadtteilen, von Verkehrsadern, die keine Bedeutung für mich haben. Die Leitsysteme weisen mich auf ihre konkrete Art ins Nirgendwo.

Ich habe das Gefühl, dass wir schon längst da sein müssten. Dass wir auf all diesen verschiedenen Schnellstraßen doch nur im Kreis fahren. Nicht ins Zentrum, sondern dass wir immer nur an der Peripherie hängen bleiben. Aber Jane ist ganz ruhig. Sie sitzt selbstsicher neben mir, macht nicht den Eindruck, als hätten wir uns verirrt. Oder verfahren. Weil man sich mit einem Stadtplan in der Hand ja gar nicht verirren kann, denke ich, als mich Jane wieder plötzlich nach rechts dirigiert, beinahe zu plötzlich, so dass ich beinahe an der Abbiegespur vorbeigefahren wäre.

Bei meinem Spurwechsel habe ich einen kleinen Ford hinter mir geschnitten, hätte ihn um ein Haar von der Straße gedrängt und ich verstehe, dass der Fahrer hinter mir jetzt hupt. Ich gebe ihm Recht. Es war dumm, ihn zu schneiden, denke ich. Und sehe Jane dabei zu, wie sie sich über sein Hupen lustig macht.

Sie öffnet das Schiebedach und lacht über den Mann hinter uns. Sie versucht, aufzustehen, dreht ihren Oberkörper dabei umständlich nach hinten, fasst kurz meine Schulter und nachdem sie es geschafft hat, sich auf den Sitz zu knien, streckt sich Jane bis zu den Schultern aus dem Schiebedach, um dem Fahrer hinter uns zu winken und um ihn damit zu verhöhnen.

Hello! ruft sie. Und im Rückspiegel sehe ich, wie sehr das den Mann aufbringt. Wild gestikulierend hupt er weiter. Und kann damit doch nichts daran ändern, dass Jane sich über ihn lustig macht.

Ich höre, wie er den Motor hochdreht und ich sehe, wie er zum Überholen ansetzt.

Ich weiß nicht genau, warum. Vielleicht weil ich auf Janes Seite sein möchte, drücke ich das Gaspedal durch. Ich höre, wie die Automatik meines alten BMWs arbeitet. Einen Gang, noch einen Gang schaltet sie runter. Und ich spüre, wie mein Auto vorne hochgeht, wie sich die Hinterreifen in den Asphalt fressen und wie sich die zehn Jahre alten Zylinder darüber freuen, sich wieder einmal ausleben zu dürfen.

Ich sehe im Rückspiegel, wie sich der Fahrer hinter uns abmüht. Ich sehe, dass er noch einmal schaltet und ich frage mich, was mich gerade dazu treibt, ihn spüren zu lassen, dass ich schneller sein kann. Ich frage mich, warum ich ihn erniedrigen will.

Ich verhalte mich idiotisch. Und während mein Auto beschleunigt, fühle ich mich auch idiotisch. Während Jane sich wieder auf ihren Sitz fallen lässt. Sie setzt sich mit einem breiten Grinsen hin und freut sich. Freut sich über die 80, 100, 120 und am Ende über die 140 Stundenkilometer, mit denen wir über die breite Straße fahren und den Ford hinter uns lassen. Es ist ihre Unvernunft, es ist unsere gemeinsame Unvernunft, die ihr Spaß macht. Es belustigt sie, wie blödsinnig wir uns gerade verhalten.

Der kleine blaue Ford ist jetzt wieder da. Obwohl ich immer noch 140 fahre, ist er uns näher gekommen. Er hupt wie ein Verrückter und ich beschließe nachzugeben. Fahre auf die linke Spur und er zieht mit heulendem Motor an uns vorbei.

Während Jane dem wütenden Gesicht neben uns ein Kuss-
händchen zuwirft, schäme ich mich. Dafür, dass ich Gas
gegeben habe. Aber noch mehr passt es nicht in mein Bild
von mir, dass ich auch jetzt noch das Gefühl habe, stärker
als er zu sein. Weil ich ja schneller fahren könnte als er. Weil
ich ihn bloß aus Desinteresse überholen lasse und nicht noch
einmal aufs Gas steige.

And off he goes, ruft Jane lachend. Sie ist offensichtlich zufrieden damit, dass ich nicht mehr mithalte. Und ich bin
ganz froh, dass ich mich nicht noch tiefer in diese Unsin-
nigkeit hineinmanövriere, in die ich von Anfang an ja eigentlich gar nicht erst geraten wollte.

Ich sehe zu Jane hinüber. Und obwohl ich mir wegen dieser
Aktion immer noch komisch vorkomme, obwohl ich mich
für idiotisch halte, freue ich mich darüber, dass ich sie zum
Lachen gebracht habe.

17. November

10:03

Rosetti Road. Wir haben sie gestern doch noch gefunden, die Rosetti Road. Wir sitzen in Toms kleiner Küche und frühstücken. Jane und ich sitzen schweigend am Tisch. Tom ist nicht da. Er musste nach Paris, für ein paar Tage. Tom ist Biologe. Er arbeitet gerade an irgendeinem Klimabericht. Nicht allein, in einem großen Team macht er das. Als kleines Rädchen in einer groß angelegten Untersuchung, die von der EU finanziert wird und in der es darum geht, einen einigermaßen klaren Blick auf die möglichen Auswirkungen des Klimawandels zu bekommen.

Tom ist überzeugt, das hat er uns gestern klar gemacht, er ist überzeugt, dass. Nein. Ich mache so nicht weiter. Weil es nirgendwo hinführt, denke ich, weil es keinen Sinn mehr hat, so zu tun, als säße ich mit Jane am Frühstückstisch in der Rosetti Road.

Ich kann nicht so weitermachen, weil mein Alleinsein sein Recht wieder einfordert. Es schießt mir die Illusion ab, der ich mich gerne hingegeben hätte: Ich verliere Jane, ich verliere das Bild, das ich mir von mir gemacht habe, von mir in Begleitung der imaginären Jane.

Ich sitze nicht in der Rosetti Road. Jane sitzt mir nicht gegenüber. Ich habe Tom nie kennengelernt. Es gibt keine Untersuchung, an der er mitarbeitet.

Ich bin gestern durch London gefahren, mehr geirrt als gefahren. Ohne Jane.

Ich war allein. Ich habe niemanden geschnitten. Bin nie aufs Gas getreten, um einen anderen Autofahrer zu erniedrigen. Habe mich bloß verfahren, habe mich verloren und weiß tatsächlich nicht einmal, wohin ich mich verloren habe. In das kleine Hotelzimmer vielleicht, in dem ich jetzt sitze. In das ich mich gestern einquartiert habe, nachdem ich mich im Netz der Straßen verfangen hatte, nachdem ich entnervt bei irgendeinem Hotel stehengeblieben war, mir ein Zimmer genommen und das Auto in die Hotelgarage gestellt hatte.

In dieser Reihenfolge, denke ich. In dieser Reihenfolge ist es passiert. Und weiß nicht, was ich damit sagen will. Warum es mir Halt gibt, meine Erinnerung möglichst klar zu sortieren.

Ich denke an den Pub in Maidstone. Ich denke an Jane, die immer noch in Maidstone ist. Die mich nicht angesprochen hat. Mit der ich nicht auf eine Party gegangen bin. Bei der ich nicht geschlafen habe. Und die nie mehr über mich erfahren hat, als dass ich einen Eintopf gegessen, zwei Bier getrunken und mit einer großen Pfundnote bezahlt habe. Ich denke an Jane, die wahrscheinlich schon gar nichts mehr von mir weiß. Aus deren Erinnerung ich gestrichen wurde. Für die ich verschwunden bin, als hätte ich niemals existiert.

Ich denke an das alte Foto, das neben meinem Schreibtisch hängt. An das alte Kirmesfoto, an die vielleicht 20 ernsten Gesichter, die irgendein Fotograf vielleicht um die Jahrhundertwende festgehalten hat, die er aus der Vergänglichkeit meines kleinen Eifeldorfs auf meinen Schreibtisch hinübergerettet hat.

Ich bin mit dem Foto durchs Dorf gegangen, ich habe die Alten nach den Gesichtern auf dem Foto gefragt, aber keiner konnte auch nur eines der Gesichter einem konkreten Namen, einer wirklichen Geschichte zuordnen.

Ich sehe Ähnlichkeiten zwischen den Gesichtern auf dem Foto und den Menschen, die jetzt meine Nachbarn sind.

Aber über diese Familienähnlichkeiten hinaus ist wenig von den 20 Menschen geblieben, die an diesem einen Sonntag vielleicht im Juni, vielleicht 1905 gelebt haben. Und die jetzt verschwunden sind, ohne persönliche Spuren zu hinterlassen. Ohne Spuren zu hinterlassen, die nicht bloß materiell sind, die bloß besagen, dass es auch damals Schreiner, Maurer oder Bauern gegeben hat. Spuren, die nichts mehr mit den Personen selbst zu tun haben, die nichts über die Menschen selbst erzählen sondern die immer nur auf ihre Funktion verweisen, auf ihre Maurerfertigkeiten, auf ihre Schreinerarbeiten und auf die bestellten Felder, die inzwischen schon lange überwuchert wären, wenn ihnen nicht andere gefolgt wären, wenn sich nicht auch heute noch Menschen die Mühe machen würden, gegen das eigene Verschwinden anzukämpfen.

Ich schiebe die Kaffeetasse zur Seite, die ich aus dem Frühstücksraum mit auf mein Zimmer genommen habe.
Eines der Buffetmädchen wollte mich dabei aufhalten, hat mir etwas nachgerufen, aber weil ich mich nicht umgedreht habe, hat sie einfach aufgegeben.
Ich stehe auf, gehe ins Badezimmer und wasche mir das Gesicht. Ich putze mir die Zähne und vermeide es, in den Spiegel zu sehen.
Ich werfe mir die Jacke über und gehe hinaus. Ich werde die Museen hier besuchen. Ich werde mich vor den Big Ben stellen, vor den Buckingham Palace. Und ich werde über die Tower Bridge gehen, in ihrer Mitte werde ich stehen bleiben und Ausschau nach dem kleinen Boot halten, auf dem Laura wohnt. Nach Brads Boot werde ich suchen, das man von der Tower Bridge aus eigentlich sehen müsste, weil man ja von Brads Boot aus auch die Tower Bridge sieht, zumindest,

wenn stimmt, was mir Laura vor Monaten erzählt hat, was sie mir begeistert mitgeteilt hat, nachdem Brad sich wieder einmal, nach Jahren wieder bei ihr gemeldet hatte.

18. November

08:55

Ich stehe auf der Tower Bridge. Ich stehe dort, wo ich mich gestern nicht hingewagt habe. Und ich habe mich vorgearbeitet. Gestern in einem heruntergekommenen Internet Café habe ich mich soweit informiert, dass ich jetzt tatsächlich weiß, wo Brads Boot genau liegt.

Keine zweihundert Meter vor mir liegen ein paar Kähne am Ufer vertäut. Und einer dieser Kähne, eines dieser Boote muss Brads Boot sein. In einem dieser Boote schläft Brad. Schläft Laura. Schläft Laura mit Brad, rutscht es mir heraus. Und ich merke, wie mir dieser unabsichtlich gedachte Satz die Kraft nimmt, wie mich mitten auf der Tower Bridge, keine zweihundert Meter von den beiden entfernt der Mut verlässt.

Ich würde mich gerne hinsetzen. Aber ich habe Angst, dass ich dann nicht mehr werde aufstehen können. Ich habe Angst, mich zu sehr gehen zu lassen.

Ich halte mich an mir fest, an dem Rest, der von mir geblieben ist und ich versuche, mir klar zu machen, dass ich nichts weiß, dass ich nichts von Laura und Brad weiß. Dass ich nicht weiß, wie es in dem Boot aussieht. Dass ich nicht weiß, ob Laura dort ein eigenes Zimmerchen hat oder ob sie mit Brad in einem Bett schläft.

Ich versuche mir klar zu machen, dass ich nur mit einem Gespenst kämpfe. Dass ich nur mit meiner eigenen Angst kämpfe, die jetzt durch meinen Oberkörper wütet, die mir meine Kraft nimmt und die mich beinahe zu Boden wirft.

Ich kann meine Gefühle nicht sortieren. Ich weiß nicht, wen ich verabscheue, Laura oder mich. Laura dafür, dass sie mich im Stich lässt. Oder mich dafür, dass ich bloß glaube, dass sie das tut. Dafür, dass ich mich an meinem Gespenst festklammere, mich in meine Angst verbeiße und nicht einfach wieder nach Hause fahre, mich nicht einfach beruhige, sondern aufgewühlt hier auf dieser Brücke stehe, mit dem Hintergedanken im Kopf, mich hinunterzuwerfen, um dem ängstlichen Gespensterseher, der ich bin, endlich ein Ende zu machen.

Ich weiß, dass ich das nicht tun werde. Weil ich immer noch mehr Angst vor dem Tod als vor dem Leben habe, werde ich mich nicht in die dreckige Themse stürzen, weil ich mehr Angst vor dem Schmerz beim Sterben habe als davor, weiterzuleben.

Ich werde auch nicht hinübergehen, die paar hundert Schritte zu diesem Boot hinübergehen und Laura ansprechen. Brad ansprechen.

Ich werde nicht hinübergehen und ihr eine Szene machen. Ich werde Brad nicht verprügeln. Weil ich weiß, dass mir das kurzfristig Erleichterung verschaffen würde, mich aber später angreifen würde. Diese Blamage, die ich mir bei dieser Szene leisten würde. Meine Schwäche, die ich zeigen würde. Und der Hass, den Laura dann zu Recht auf mich hätte.

Alleine schon der Wunsch, Brad zu verprügeln und Laura in ihrer Freiheit einzuschränken, macht mich auf mich selbst wütend. Es ist meine Schwäche, die ich vor mir sehe, meine Hilflosigkeit, die mich wütend macht. Die mir peinlich ist. Und die ich am schnellsten aus der Welt schaffen könnte, wenn ich mich aus der Welt schaffen würde, denke ich.

Ich könnte das alles korrigieren. Ich könnte das alles in Ordnung bringen, wenn ich nur kurz den Mut hätte, mich über das Geländer nach unten fallen zu lassen.

Ich würde es bereuen, denke ich. Im Flug noch würde ich es bereuen.

Aber ich würde es nicht bereuen, denke ich. Unten angekommen, wenn die Schmerzen nachzulassen beginnen, weil das Bewusstsein sich auflöst, weil ich mich auflöse, würde ich nicht mehr bereuen, dass ich gesprungen bin. Würde ich nicht mehr bereuen, dass ich es endlich geschafft habe, mich meiner selbst zu entledigen.

Ich frage mich, ob der Messner sich auch für mich auf den Weg zur Kirche machen würde. Ob er auch für mich die helle, kleine Glocke Leuten würde, die verkündet, dass wieder einer verschwunden ist. Die kleine Sterbeglocke, die gegen die Vergänglichkeit anläutet, weil sie den anderen bewusst macht, dass sie noch da sind. Dass sie auch irgendwann gehen werden.

Ich frage mich, wo man mich begraben würde. Im Eifeldorf oder bei meinen Eltern, in dem kleinen Alpendorf, aus dem ich komme. Aber auch dort gibt es kein Grab für uns, weil uns das allzu nahe Sterben, nein, weil mir das allzu nahe Sterben, der Tod meiner Mutter, meines Vaters oder eines meiner Geschwister bisher erspart geblieben ist, gibt es dort noch kein Grab für uns. Gibt es dort noch kein Grab für mich.

Ich denke an den Totengräber, dem ich in meinem Heimatdorf bestimmt vierzig Mal dabei zugesehen habe, wie er einen Sarg in das vorher gegrabene Loch hinunterließ.

Ich denke an den Totengräber mit seinen schlechten Zähnen, in seinem groben schwarzen Anzug und mit seinem schon vergilbten Hemd. Ich denke daran, wie ich bei ihm stand, vor fünfzehn Jahren vielleicht stand ich neben ihm und hörte ihm dabei zu, wie er Witze über die Knochen, Haare und Nägel der Toten machte, die er gerade erst ausgegraben hatte, um einem neuen Leichnam Platz in der Friedhofserde zu verschaffen.

Er hat sich nie persönlich über einen der Toten lustig gemacht, immer nur über die Leiche. Ohne Gesicht. Ohne Namen und Herkunft.

Ich denke daran, wie er erzählt hat, dass er in älteren Gräbern, dass er in alten Männergräbern regelmäßig eine kleine Flasche Schnaps findet. Eine kleine, fein gearbeitete Glasflasche, säuberlich verkorkt und plombiert.

Ich erinnere mich daran, wie er Andreas, Harald, Manfred und mir an einem sonnigen Maitag erzählte, dass er sie immer trinkt, diese Flasche. Dass er sie in einem Zug leert, auf das Wohl des Toten. Auf das Wohl der Person, von der da unten schon beinahe nichts mehr übrig ist, nicht mehr als ein paar Knochenreste und die kleine Flasche Schnaps, die fürsorgliche Hände vor Jahrzehnten in die Innentasche des inzwischen verrotteten Anzugs gesteckt haben.

Ich muss lachen, weil ich an Andreas, Harald und Manfred denke, weil ich an ihre großen Augen denke und daran, wie unglaublich wir das alle fanden. Wie wir uns nicht vorstellen konnten, diese Flasche, die vielleicht zwanzig Jahre neben oder in einem Toten gelegen hat, an den Mund zu führen. Wie wir uns nicht vorstellen konnten, den Tod dermaßen praktisch zu nehmen. Wie wir uns über die freundlichen Augen des Totengräbers wunderten, der das alles ganz gelassen erzählte.

Ich frage mich, wie die Totengräber hier aussehen. Wie all die anderen Menschen, die hier in London mit dem Tod beschäftigt sind, mit mir umgehen würden. Wie praktisch sie meinen Sprung hier von der Tower Bridge nach unten behandeln würden.

Sie würden mich aus der Themse fischen.

Sie würden mich sauber machen.

Sie würden meine Personalien aufnehmen.

Meine Eltern verständigen.

Und plötzlich, während ich das denke, kommt mir das Springen ganz und gar sinnlos vor. Vorher noch, in meiner Angst, in meiner Sehnsucht nach Tragik war sie groß, diese Idee vom kurzen Sprung aus dem Leben.

Mit dem lachenden Gesicht des Totengräbers vor mir denke ich sie vergeblich, diese Anstrengung. Die Möglichkeit, mich aus dem Leben zu springen, fällt aus ihrer tragischen Überhöhung herab vor meine Füße, herab auf den vom Wetter wellig gewordenen Asphalt der Tower Bridge und ich merke, dass ich durch diesen Sprung nichts korrigieren würde. Dass sich durch meinen Befreiungsschlag nichts ändern würde. Ja, sicher, ich wäre verschwunden. Für einen kurzen Moment bekäme ich ein bisschen Aufmerksamkeit. Für einen kurzen Moment würde ich die anderen tatsächlich beschäftigen. Und dann würde sich die Welt wieder ungestört weiterdrehen. Kurz nach meinem Sprung würde die Welt meine Geste des Aufstands gegen mich und gegen sie schon vergessen haben. Würde sie über mich hinwegwachsen wie über alle anderen, wie schon seit jeher über alle anderen auch.

19. November

13:25

Tower Bridge. Wieder stehe ich auf der verdammten Tower Bridge und beobachte Brads Boot. Ich will herausfinden, wie lange meine Angst dauert. Und wie lange meine Schwäche vor ihr kapituliert.

Es wird nicht heute sein, denke ich. Es wird vielleicht nicht morgen sein. Aber es wird sein, dass ich mich vor meiner Angst nicht mehr fürchte. Dass ich nicht mehr zu schwach für meine Schwäche sein werde.

Ich spüre meine Eingeweide sich verkrampfen. Genau wie gestern brennt meine Brust. Die Kraft ist aus meinen Füßen verschwunden und meine Knie drohen nachzugeben, wollen mich einfach auf die Straße fallen lassen.

Ich atme, ich versuche ruhig zu atmen.

Ich versuche der Angst zu begegnen.

Ich versuche mich selbst zu sehen. Die Lächerlichkeit zu sehen, in die ich mich hineingesteigert habe. Ich versuche das Gespenst zu sehen, das ich aus bloßen Vermutungen, vielleicht bloß aus der Sehnsucht nach dieser Angst aufgebaut habe.

Ich atme. Ich atme. Aber es wird nicht besser. Ich werde nicht ruhiger.

Ich gehe. Ich werde morgen wiederkommen. Ich werde es morgen wieder versuchen.

20. November

09:41

Tower Bridge. Ich habe mir versprochen wiederzukommen. Und ich habe mein Versprechen gehalten.

Ich stehe wieder hier. Ich fühle wieder diese Angst. Und wieder möchte ich ihr ein Ende machen.

Ich gehe in Richtung Laura. Ich gehe am Ufer entlang, über einen kleinen geschotterten Fußweg gehe ich am Ufer entlang. Die Steine knirschen unter meinen Füßen, und ich sehe den Schiffen dabei zu, wie sie sich die Themse entlangmühen. Ich höre, wie die Kolben ihrer Motoren stampfen, um die schweren Lasten zu bewegen. Ich sehe ein Ausflugsboot, von dem sich Touristen die Brücke ansehen können. Von dem ich mir Brads Boot ansehen könnte, denke ich. Und ich sehe meinen Füßen dabei zu, wie sie weitergehen, wie sie mich immer näher an Laura herantragen. Immer näher an Laura und Brad.

Ich habe keinen Mut, noch näher an die beiden heranzugehen. Und doch gehen mir meine Füße voraus. Zornig, ich weiß nicht auf wen, auf mich oder auf Laura, gehen mir meine Füße voraus.

Ich fürchte mich mit jedem Schritt mehr. Und mit jedem Schritt wird auch meine Wut stärker. Die Wut auf Laura, die hier bei Brad ist, die hier vielleicht glücklich ist und die mich mit genau diesem Glück verunsichert, mir mein Selbstvertrauen nimmt, mein Vertrauen in mich, in Laura und mich.

Meine Wut treibt mich voran, treibt mich durch meine Angst hindurch doch nur wieder auf die gleiche Angst zu, auf die Angst vor Laura und Brad.

Ich will schon dort sein, will Laura sehen und Brad. Und will das, obwohl ich gleichzeitig nichts weniger will, als zu sehen, wie Laura mir entgegenkommt. Wie sie von Brads Boot aus fröhlich an Land geht und ich ihr nicht mehr ausweichen kann.

Ich will sie nicht sehen, nicht einmal aus der Entfernung, ich will nicht sehen, wie glücklich Laura auf Brads Boot sein könnte.

Und meine Angst gewinnt. Oder gewinnt nicht. Ich weiß es nicht. Setzte mich aber hin. Setze mich auf die Kaimauer, lasse meine Füße baumeln und schaue ins Wasser. Sehe den Bugwellen der Schleppkähne dabei zu, wie sie an die Ufermauer klatschen, wie sie wieder zurück ins Wasser laufen und von der nächsten Welle überrollt werden, die schon am Ufer ankommt.

Wasser hat mich immer schon beruhigt. Ein Bergsee, in den ich kleine Steine geworfen habe. Viele kleine Steine, deren Kreise sich nacheinander über die Seefläche ausbreiten, die sich überschneiden, gegenseitig verstärken und gleichzeitig auslöschen.

Ich erinnere mich daran, wie ich vor Jahren, wie ich in meiner Schulzeit gemeinsam mit Ingrid an einem dieser Seen saß, auf einem Felsvorsprung bestimmt zwanzig Meter über dem im Abendlicht schwarz schimmernden Wasser, jeder mit ein paar Steinen in der Hand und jeder von uns damit beschäftigt, dem Wasser zuzusehen.

Um die unsichtbare Grenze zwischen uns nicht zu überschreiten, warfen wir Steine ins Wasser, Ingrid und ich.

Wir sprachen langsam und schwerfällig, fast ängstlich sprachen wir über Dinge, die wir gerade erst zu verstehen begannen, die wir gerade erst wahrzunehmen gelernt hatten. Wir sprachen über die große weite Welt da draußen, die uns faszinierte, weil wir zu begreifen begonnen hatten, dass sie nicht nur unser kleines Dorf, unsere Spielkiste und unsere Schule war, sondern dass sie weit hinauslief. Wie die Kreise der Steine stellten wir sie uns vor, diese Welt. Und in einem dieser Kreise sahen wir unser Leben, sah Ingrid sich und sah ich mich, wie ich Wellen schlage, kleine Wellen, die sich langsam verlieren, die nicht sehr weit kommen und wieder verschwinden, die abebben, als hätte es sie nie gegeben.

Wir sprachen über die tausend Möglichkeiten, die wir vor uns sahen. Die sich damals vor uns auftaten und die wir nicht verstanden. Die wir aber noch verstehen wollten. Die wir glaubten, verstehen zu können, weil wir ja auch die kleine Welt noch verstanden. Unsere kleine Welt, in der wir aufgewachsen waren.

Und dann sprachen wir über die Liebe. Ich erinnere mich, wie mir Ingrid von ihren Lieben erzählte. Und ich begann, von meinen Lieben zu erzählen, und während ich erzählte, während Ingrid erzählte, schlich sich die Liebe auch ein wenig zwischen uns. Und ich erinnere mich, wie nah mir plötzlich Ingrids Hand erschienen war, an diesem Abend am kleinen Bergsee. Wie knapp meine Hände neben Ingrids zarten, für die Welt beinahe zu schmal geratenen Fingern lagen. Und ich erinnere mich, dass ich damals begriff, dass ich in diesem Moment verstand, dass wir uns nicht näher kommen würden, Ingrid und ich. Dass uns beiden die bloße Möglichkeit schon reichte. Dass keiner von uns ernsthaft vorhatte, weiter zu gehen, die Möglichkeit wirklich werden zu lassen

Ich fühle, dass ich sie nicht mehr greifen kann, diese Zeit. Sie ist mir zur Vergangenheit geworden. So weit weg gerutscht, dass sie schon gar nichts mehr mit mir zu tun hat. So weit weg, dass es mich nicht einmal mehr wehmütig macht, wenn ich an diesen Abend zurückdenke. An diesen Felsvorsprung, auf dem ich mich neben Ingrid gesetzt hatte, von dem aus wir eine halbe Stunde später zum Essen gingen, unter den Augen der anderen von unserem romantischen Plätzchen zurück in die Gruppe unserer Mitschüler zurückkehrten, um ich weiß nicht mehr was zu essen, um an irgendwelchen Gesprächen teilzunehmen und um am nächsten Tag an ein in meiner Erinnerung unbestimmt gewordenes Ziel aufzubrechen.

Ich erinnere mich an den Donaukanal, an die Kaimauer des Donaukanals in Wien, auf der ich Stunden über Stunden verbracht habe. Abends, im Sommer, mit einem kühlen Bier in der Hand saß ich vor dem Flex, einem so gut wie immer wenigstens halb vollen Club am Donaukanal. Hinter mir die Geräusche der Musik und der plappernden Leute. Vor mir das beruhigende Wasser, das meine Gedanken mitnahm, das meinen Kopf leerer und leerer machte bis ich nur mehr vor mich hinsah, betrunken vor mich hinsah und bis ich endlich aufstand, bis ich an jedem dieser Abende doch noch aufstand, um betrunken und verloren nach Hause zu torkeln.

Es hat sich nichts geändert, denke ich, im Grunde hat sich nichts geändert, weil ich immer noch am Wasser sitze, immer noch oder schon wieder alleine. Wie damals in Wien. Wie so oft in Wien und an allen möglichen anderen Orten. In Paris, an der Mosel, an einem der Vulkanseen in der Eifel, an einem Wasserfall neben dem kleinen Ort, in dem ich aufgewachsen bin. Immer, denke ich, habe ich am Wasser gesessen und ich sitze immer noch, denke ich, wenn ich nicht weiß wohin mit mir, sitze ich immer noch am Wasser, starre ins Wasser und bemerke kaum, was um mich herum vorgeht, denke ich, und bemerke doch den Mann, der über den kleinen Trampelpfad auf mich zukommt, der den Weg geht, der mich zu Brads Boot hätte führen sollen.

Er ist schon relativ nahe, dieser Mann. Ich kann seine Schritte hören und ich bilde mir ein, Brads Locken an diesem Mann zu sehen. Seine Locken, die ich bisher nur auf Fotos gesehen habe.

Ich versuche genauer hinzusehen und bin mir, nein, sicher bin ich mir nicht, aber es könnte tatsächlich Brad sein. Dieser zarte, nicht sehr große aber lustig vor sich hinschlendernde Mann muss Brad sein, denke ich, und erkenne, dass tatsächlich er auf mich zukommt, Brad mir in seinem ärmellosen braunen Pullover, mit seiner dunklen Hose, das Kordsakko nachlässig übergeworfen, die Beine schlenkernd und die Arme unkompliziert an seiner Seite baumelnd trägt sich Brad da in die Welt hinaus, trägt sich Brad auf mich zu.

Er ist vielleicht noch zwanzig Meter entfernt. Sein Gesicht wird immer deutlicher. Seine lebendigen Augen. Ich sehe seinen schmalen Mund und die Falten über seiner Stirn, die zwei tiefen Furchen, die Brads Stirn mehr zieren als dass sie ihn altern lassen. Diese zwei Furchen, die er sich angelacht hat, die entstanden sind, weil er seine Augenbrauen beim Lachen und wenn er verlegen ist, während Interviews und vielleicht auch, wenn er mit Laura spricht nach oben zieht.

Brad macht Anstalten, an mir vorbeizugehen und für einen kurzen Moment habe ich das Gefühl, auch er könnte mich erkennen, auch er könnte wissen, wer ich bin.

Aber er kann das kaum wissen. Ich glaube nicht, dass Laura ihm ein Foto von mir gezeigt hat. Ich weiß nicht, warum Laura das tun sollte. Ich weiß nicht, warum Laura ein Foto von mir herumtragen sollte, wenn ich doch ohnehin viel zu oft viel zu nah an ihr dranlebe, knapp an ihr vorbei und immer trotzdem ganz in ihrer Nähe an ihr vorbeilebe.

Es ist nichts mehr von meiner Wut da, die mich noch vor ein paar Minuten in Lauras und Brads Richtung getrieben hat. Sie hat sich hinter der Angst verkrochen, die mein Herz schlagen lässt, während Brad an mir vorbeigeht. Für einen flüchtigen Blick treffen sich unsere Augen, sehe ich in seinen braunen, lebendigen Blick.

Ich würde ihn gerne anhalten, diesen Moment. Ich würde gerne die Zeit zum Stehen bringen, damit ich meine Angst verjagen und Brad anhalten kann, mich nicht nur fürchten, nicht nur warten kann, bis der Moment und bis mit ihm auch Brad an mir vorbeizieht.

Ich würde gerne etwas sagen. Ihn ansprechen, diesen Brad, der nicht weiß, dass ich es bin.

Ich möchte ihn aufhalten. Aber mein Kopf ist leer. Ich finde keine Frage. Keinen Satz, mit dem ich ihn ein paar Sekunden lang festhalten könnte.

Ich könnte ihn fragen, wie spät es ist, denke ich.

Ich könnte ihn fragen, ob er Zigaretten hat.

Ich könnte ihn mit seinem Namen ansprechen.

Ihn fragen, ob er sich denken kann, wer ich bin.

Ich könnte ihn zur Rede stellen.

Aber ich weiß nicht, wie ich ihn zur Rede stellen sollte. Und ich weiß auch nicht, wofür. Weil ich plötzlich wieder das Gefühl habe, es ist nur mein Gespenst, das da gerade an mir vorbeigeht, es ist nicht Brad, vor dessen Einfluss ich

Angst habe, es ist nur meine Idee von ihm, mein privates Phantasma, das mich bis hierher getrieben hat.

Es hat nichts mit Brad zu tun, denke ich und sehe ihm nach, wie er weiterschlendert. Es hat nichts mit Brad zu tun, spreche ich vor mich hin und ich sehe, wie er sich umdreht, wie sich Brad umdreht. Ich werde rot, weil mir klar wird, dass er wohl seinen Namen gehört hat, dass ich zu laut gesprochen habe.

Er sieht mich fragend an, schiebt seinen Kopf ein wenig in die Höhe und zieht seine Augenbrauen nach oben, auf genau diese Art, die ich schon zigmal gesehen habe, immer nur auf meinem Bildschirm, die ich jetzt aber tatsächlich sehe, keine zehn Meter von mir entfernt sehe ich Brad unsicher werden und gerade, als er dabei ist, sich doch wieder von mir wegzudrehen, öffnet sich mein Mund und ich frage ihn nach einer Zigarette. Hilflos, weil mir nichts anderes einfällt, frage ich ihn nach einer Zigarette.

Er bleibt stehen, Brad. Er kommt nicht auf mich zu, er bleibt bloß stehen und ich frage mich, ob er denkt, dass ich ihm etwas wollen könnte, dass ich hier auf diesem kleinen Kiesweg versuchen könnte, ihn zu überfallen, oder ich weiß nicht, ihn zu schlagen vielleicht, ihn mit einer Psychose zu belasten, dass ich ihn niederreden oder anschreien könnte, den fremden Passanten, für den sich Brad hält.

Sorry, meint er. Zuckt mit den Schultern und dreht sich wieder weg.

Keine Zigarette also, denke ich. *Keine Zigarette von Brad*, murmle ich und sehe ihm dabei zu, wie er geht. Er ist ein wenig kleiner als ich, dieser Brad. Er sieht sympathisch aus. Aber ich weiß nicht, wie ich das in mir gelten lassen kann.

Und plötzlich ist sie wieder da, meine Wut. Weil Brad ohne
Aufhebens zu machen und ohne zu begreifen, wer ich bin,
an mir vorbeigegangen ist, werde ich wütend und ich möchte ihn fassen, ihn ins Wasser werfen.
Oder mich zu erkennen geben, ihn wenigstens mit mir kon-
frontieren.
Ich würde gerne nach ihm rufen aber mein Mund bleibt geschlossen. Mein Herz schlägt den Takt meines Zorns, aber
es treibt mich nicht dazu, doch noch Brads Namen zu rufen und ihm zu sagen, dass ich hier bin, ganz in seiner Nähe, ganz in seiner und in Lauras Nähe.
Dass er sich vorsehen soll, will ich rufen, und weiß nicht,
wovor er sich denn vorsehen sollte, warum er sich vorsehen
sollte, weil ich auch nicht weiß, warum ich hier bin, was es
denn ändert, dass ich mich so weit an die vermeintliche Gefahr herangeschlichen habe, feige und doch neurotisch genug, um mich Laura und Brad zu nähern.

Ich sehe Brad dabei zu, wie er ein Bein vor das andere setzt
und ich bin mir plötzlich sicher, dass er verschwinden wird.
Dass er nicht nur jetzt am Ende des Kiesweges hinter einer
kleinen Mauer verschwindet, sondern dass er sich auch aus
meinem Leben wieder hinausbewegen wird.
Schon bald wird er keine Rolle mehr für mich spielen, denke ich und merke, wie mich das heimlich freut, wie glücklich ich insgeheim bin, weil ich weiß, dass sich Brad und
dass sich mit Brad die ganze Situation, in der ich stecke und
in die ich mich festgefressen habe, auflösen wird, dass ich
mich auch an ihn nur mehr wie an diesen Abend mit Ingrid
erinnern werde. Dass ich nur mehr die bloßen Tatsachen
vor mir sehen werde, die bloße Vergangenheit, abgekoppelt
von den Gefühlen, die ich gerade erlebe, abgekoppelt von

meinem halbgebrochenen Herzen, das sich im Moment noch davor fürchtet, dass Brad mir Laura nehmen könnte, Laura, die sich mir vielleicht ja schon selbst genommen hat.

Ich weiß nicht, wie viel Zeit vergangen ist. Aber ich sitze immer noch da. Ich sitze immer noch am Kai und zwinge mich, aufzustehen. Ich zwinge mich, doch noch näher an Brads Boot heranzugehen.

Ich weiß nicht, was ich mir davon verspreche. Ich weiß nicht, was ich machen würde, wenn ich Laura sähe. Wenn ich sähe, wie sie dort drüben an Deck steht, auf Brads Boot, wie sie sich gerade streckt. Wie sie fröhlich ist. Wie sie zufrieden dasteht und die kühle Luft in sich einsaugt.

Wuuuhuuu! würde ich sie rufen hören, den Ruf, der immer aus ihr herausbricht, wenn sie sich wohl fühlt, wenn sie den Himmel über sich hat und das Leben genießt, meine Laura. Denke ich. Und es kommt mir schal vor, was ich da denke, dieses Mein kommt mir schal und schon beinahe falsch vor, denke ich. Es hat sich überholt, geht es mir durch den Kopf und ich fühle, wie dieser Gedanke meine Wehmut zu vertreiben beginnt. Wie ich zum ersten Mal glaube, dass es gut ist. Dass ich Laura loslassen kann, dass ich meine Umarmung wieder lösen kann, in die ich sie all die vergangenen Monate gezwungen habe, wenn schon nicht tatsächlich, dann wenigstens in mir.

Ich beschließe zu gehen. Ich möchte nach Hause fahren. Nach Hause fahren und meine Dinge sortieren. Mir Gedanken darüber machen, was ich mit mir anfangen soll. Nein. Nicht mehr, was ich mit mir anfangen soll. Was ich mit mir anfangen will, möchte ich wissen. Und ich beschließe Torsten anzurufen.

Ich werde ihn nicht nur fragen, ob er einen kleinen Job für mich hat. Ich werde ihn fragen, ob er eine feste Anstellung für mich weiß. Einen Platz in der Arbeitswelt, den ich ausfüllen kann und der auch mich ausfüllen wird. Ich sehne mich nach den neun oder zehn Stunden am Tag, die ich in einem Büro verbringen kann. Immer am selben Schreibtisch. Mit denselben Menschen um mich. Die mich schätzen, weil sie meine Position respektieren. Die mir Halt geben, weil ich ein fixer Bestandteil ihrer Arbeitswelt bin.

Und noch während ich das denke, während ich mich von Brads Boot und gleichzeitig von Laura abwende, fühle ich ihren Blick.
Ich drehe mich um und sehe, wie sie auf Brads Boot steht. Wie sie zu mir herübersieht.
Ich sehe das Erstaunen in ihren Augen.
Ich weiß, dass ich eigentlich zu weit weg bin, dass sie mich eigentlich nicht erkennen kann. Nicht, wenn sie nicht weiß, dass ich es bin.
Ich bleibe stehen und sehe zu ihr hin. Der Raum zwischen uns existiert plötzlich nicht mehr und ich sehe in Lauras Augen. Sehe, dass auch sie mir in die Augen sieht. Ihr Körper spannt sich, wie er sich immer spannt, wenn sie ernst wird. Ich sehe, wie erschrocken sie darüber ist, mich hier zu entdecken.

Meine Hand hebt sich. Ich sehe meiner Hand dabei zu, wie sie Laura winkt. Kurz und nervös winkt meine Hand Laura zu und noch bevor sie es schafft, auch ihre Hand zu heben, bin ich schon aufgestanden, habe ich mich schon umgedreht. Haben meine Beine angefangen zu laufen.

Hundert Meter später bleibe ich stehen. Drehe mich um, weil ich sie noch einmal sehen will. Aber sie ist weg. Laura ist wieder verschwunden. Oder vielleicht, denke ich, vielleicht war sie gar nicht da. Vielleicht war es gar nicht Laura, die ich gesehen habe. Vielleicht war auch gar niemand da, den ich hätte sehen können.

Ich beginne zu weinen. Und weiß dabei gar nicht mehr, warum ich eigentlich weine. Ob ich weine, weil Laura bei Brad ist. Nein, nicht weil sie bei Brad ist. Weil sie mir verloren geht und ich nichts dagegen tun kann. Weil ich auch nichts mehr dagegen tun will.

Vielleicht weine ich aber gar nicht wegen Laura, sondern weil ich nun einmal ich bin und weil ich das Gefühl habe, weil ich wieder einmal fühle, dass ich nichts gegen mich ausrichten kann.

21. November

11:03

Resignation und neuer Mut machen sich abwechselnd. Nein, nicht abwechselnd, sie machen sich gleichzeitig Platz in mir, während ich in meinem Auto sitze und wieder auf dem Weg nach Hause bin.

Ich werde heute noch zu Hause ankommen, freue ich mich. Und habe doch Angst davor. Weil ich nicht weiß, ob ich dort ankommen werde, zu Hause. Ob ich jemals wieder dort ankommen kann.

Ich werde mein Mobiltelefon vom Küchentisch nehmen, auf dem ich es habe liegen lassen. Und auf dem Laura bestimmt schon eine Nachricht hinterlassen haben wird. Falls sie mich gesehen hat, gestern. Falls sie überhaupt da gewesen ist.

Ich frage mich, was ich sagen kann, wenn sie mit mir sprechen will. Ich frage mich, wie ich erklären kann, was passiert ist und ich spüre, wie ich mich vor Laura für mich und für meine Schwäche schäme. Und weiß dabei doch, dass ich ihr gar keine Erklärung schuldig bin. Weil man niemandem jemals wirklich eine Erklärung schuldig ist.

Es stimmt nicht, denke ich, dass man seine Verhältnisse immer geklärt haben muss. Es stimmt nicht, und es ist auch ganz und gar unmöglich.

In Wirklichkeit lassen sich die Verhältnisse gar nicht klären. Man kann so viel nachdenken, wie man will. Man kann reden. Immer wieder reden. Und das mag ja auch helfen. Das mag den einen oder anderen Knoten lösen. Aber aufgeräumt ist die Welt am Ende nie. Sie lässt sich nicht aufräumen. Nicht von mir. Nicht von Laura. Und auch nicht von irgendjemandem sonst.

Der Motor dreht auf zweitausend Touren. Mein Auto gleitet still vor sich hin über die Straße. Mein Kopf ist leer und es ist plötzlich nur mehr die Angst da, die sich in meinem Körper eingerichtet hat.
Immer wieder flackert sie in mir auf. Immer wieder spüre ich einen leichten Brechreiz, der mir an die Kehle fasst. Ich sehe die Hinweisschilder auf der Autobahn. Ich folge ihnen: Weil ich nicht weiß, was ich sonst machen sollte, folge ich ihnen.

Ich fahre durch England.
Ich gleite unter dem Ärmelkanal durch, sitze im Zug und lasse mein Auto und mich auf die andere Seite, nach Frankreich bringen.
Ich fahre durch Frankreich. Ich fahre durch Belgien. Ich tanke und kurz freue ich mich über den niedrigen Spritpreis, als hätte es tatsächlich etwas zu bedeuten, als ob es tatsächlich etwas an meinem Glück ändern würde, dass ich zehn Euro weniger für eine Tankfüllung bezahlen muss.

Ich bin in Deutschland. Eineinhalb Stunden noch, dann werde ich zu Hause sein. Dann werde ich wieder zu Hause ankommen. Werde in die Küche gehen und mir den Wodka aus dem Eisfach nehmen.
Ich werde mir ein Glas füllen, es langsam trinken und darauf warten, dass ich müde werde.
Ich werde mich auf unsere Terrasse stellen, trinken und ich werde auf meinen Schlaf warten.

22. November

06:57
Still. Es ist atemberaubend still in unserem kleinen Eifeldorf. In meinem kleinen Eifeldorf.
Die Vögel haben noch nicht mit dem Singen begonnen. Und
ich weiß gar nicht, ich kann mich nicht erinnern, ob denn
jetzt noch, ob Ende November überhaupt noch Vögel hier
sind, die am Morgen zu singen beginnen.

Es ist mir eigentlich auch egal, ob die Vögel singen. Auch
die Stille kümmert mich nicht. Weil ich sie gewohnt bin,
weil ich mich an tausend Augenblicke erinnern kann, in denen mich die Stille unseres, nein, meines Eifeldorfes schon
überwältigt hat. An tausend Momente, in denen ich schon
das Gefühl hatte, aus dem 21. Jahrhundert in irgendeine vor-
industrielle Zeit zurückgeworfen worden zu sein, zurück
in eine Stille, in eine schon lange verschwundene Welt.

Hinter dem Dorf, wo die von der Nacht noch feuchte und
von der Kälte dunkel gewordene Straße durch den Wald ins
nächste Dorf führt, höre ich ein Auto. Höre ich nicht den
Motor eines Autos, sondern bloß die Reifen, die über den
Asphalt gleiten.
Auch Laura und ich werden über diese Straße fahren, nachdem sie am Flughafen angekommen sein wird. Wir werden
über diese Straße nach Hause fahren. Denke ich. Und bin
erstaunt darüber, wie egal es mir im Moment ist. Bin erstaunt, weil ich nicht mehr darauf warte, dass Laura zurück-
kommt. Weil ich weiß, dass sie kommen wird. Dass sie kommen wird und dass dann alles seinen Weg gehen wird.

23. November

16:34
Die Umarmung endet, denke ich. Lauras und meine Umarmung endet. Und ich würde gerne davonlaufen, vor dieser Einsicht davonrennen. Aber ich weiß nicht wohin.
Also stehe ich da. Ich stehe da und nehme die Leere hin,
die mich bei diesem Gedanken befällt.

Und ich weiß, ich werde warten müssen. Nicht auf Laura.
Sondern darauf, dass diese Leere vergeht.
Man sagt, das dauert halb so lang wie die Liebe.

24. November

09:44

Ich putze das Haus. Wieder einmal putze ich das Haus, obwohl es eigentlich noch sauber ist. Und ich ertappe mich immer wieder dabei, wie ich mich auf Laura freue. Wie ich mich irrtümlicherweise auf Laura freue, weil sie nicht wie bisher zurückkehren wird, von der ich nicht weiß, ob sie da sein wird, wenn sie zurückgekommen sein wird, ob ich sie denn überhaupt noch dahaben will.

Nachmittag. Es ist Nachmittag und die Sonne scheint, scheint erstaunlich kräftig für Ende November. Beinahe fühlt es sich an, als ob es noch einmal Frühling werden würde. Als ob das Wetter den Winter überspringen wollte.
Ich bin im Garten und räume die Äste weg, die der Wind gestern Abend von den Bäumen gepflückt hat. Die die beiden Nussbäume im Garten haben fallen lassen, obwohl der Wind gar nicht so stark war.

Ich denke an Laura. An Laura auf Brads Boot. Denke daran, wie er sich von ihr verabschieden wird. Wie sie sich von ihm verabschieden wird. Und plötzlich lächle ich. Während ich mein Küchenmesser in den Messerblock stecke, die weißen Gummihandschuhe wegwerfe, die ich mir zum Putzen übergestreift habe, freue ich mich. Lache über Brad. Über Laura. Über Laura und Brad und darüber, zu welcher Größe ich die beiden in meinem Kopf aufgeblasen habe.

25. November

17:55

Heute. Es ist heute. Es ist dieser Moment. Es ist jetzt. Und ich weiß, dass ich es bin, der wieder am Flughafen steht und an den ich mich erinnern werde. Wie ich mich auch daran erinnern werde, dass Lauras Flugzeug schon gelandet ist. Dass die grünen Lichter blinken, die anzeigen, dass die Gepäckausgabe schon begonnen hat.

Es sind diese Minuten, in denen ich hier stehe und auf Laura warte. Gar nicht mehr auf Laura warte, weil sich in mir die Gewissheit breitgemacht hat, dass sie nicht kommen wird. Dass sie zwar in unser Auto steigen, mit mir zurückfahren und ihre Tasche in den Hauseingang stellen wird. Aber ich weiß, während ich hier stehe und darauf warte, dass Laura aus der milchverglasten Türe tritt, weiß ich, dass sie nicht bei mir ankommen wird.

Und ich sehe mich, ich sehe mich in einem Monat, in einem halben Jahr oder in fünf Jahren. Ich sehe mich an einem unbestimmten Ort anhalten, sehe mich stehenbleiben und mich daran erinnern, wie sie mir heute entgegenkam und wie ich, weil Laura tatsächlich wieder da war, plötzlich doch nicht mehr wusste, woran ich mich erinnern würde.